교수님의 주둥아리는 도무지 쉴 줄을 모른다

일러두기

교수님의 주둥아리는
도무지 쉴 줄을 모른다

잔망희망이 인기 유튜버인 중년 디자이너의 일상 탐구기

이지원
지음

지콜론북

2장 디자이너의 마음

프롤로그

탈모를 치료하려 애쓰지 않는다.

자꾸 정우성과 친구 사이라는 착각에 빠진다.

존재하지 않는 행복을 찾아 헤매지 않는다.

모르는 일을 설명해야 한다.

못 하는 일을 훈계하려 한다.

체력은 높이는 것이 아니라 유지하는 것이다.

열등감은 극복하는 것이 아니라 인정하는 것이다.

새로움은 우월한 게 아니라 불안정한 것이다.

화려함 뒤에 숨은 고생이 보인다.

붐비는 매장을 보며 권리금을 생각한다.

저녁 뉴스를 의견으로 받아들인다.

취미에 큰돈을 써본다.

동기들 이름이 TV에 나온다.

숙취가 싫어 술자리를 피한다.

게임 화면 당당한데 인기척에 놀라 화들짝 Alt + Tab

열심히 받아 적기는 그만뒀다.

말을 꺼내려다 포기하는 때가 많다.

오랫동안 연락 안 해도 서로 그러려니 한다.

섬세하고 영악한 장치

급해서 들어가다

에어컨 바람이 필요했다. 화장실도 필요했다. 그렇다면 카페 말고 어디가 있겠는가. 이곳은 9호선 중에서도 번화하기로 소문난 역 주변이다. 이런 번화가엔 카페가 편의점보다 많다. 아니나 다를까 고개가 반 바퀴도 돌기 전에 프랜차이즈 카페 매장이 눈에 들어온다. 고민할 필요 없이 냉큼 발길을 나선다. 미친 듯이 덥기도 하지만, 정녕 심각한 위기는 시시각각 옥죄어오는 배변의 신호다. 횡단보도를 건너며 증상은 급격히 고조된다. 혼미한 정신으로 육중한 유리문을 밀고 들어간다. 급하지만 주문부터 하기로 한다. 나는 염치 있는 고객이니까.

"커피 주세요."

"브루잉 커피 괜찮으십니까?"

식은땀이 났다. 브루잉? 사람 이름인가? 괜히 질문하면 지체될 게 뻔하다.

"네, 브루잉."

"에티오피아, 코스타리카, 콜롬비아 원두 중에서 어떤 걸로 하시겠습니까?"

제길. 자몽 에이드나 시킬걸. 아무거나 달라는 말이 목구멍까지 치솟았지만 간신히 삼켰다. 이런 프랜차이즈 매장에서는 절대 '아무거나' 주는 법이 없다. 괄약근에 가해지는 압력이 제곱 비례로 치솟는다.

"콜롬비아."

"사이즈는 레귤러 괜찮으시죠?"

정도가 심상찮은 지경에 이르렀다. 컵 크기야 아무려면 어때. 곧 터져 나올 것 같으니 대충 부어달라고 말하고 싶었다.

"레귤러 오케이."

"네. 브루잉 커피, 콜롬비아 원두 맞으시죠? 매장에서 드시면 저희가 머그잔에 드리는데 괜찮으세요?"

"당연하죠."

"저희 매장 적립 카드나 할인 ㅋ…"

"없어요."

"네, 없으시고요."

안 된다. 온몸으로 한계를 느낀다. 카드 정보가 단말기를 통해 전송되는 영원에 가까운 시간, 내 얼굴색은 한없이 투명에 가까운 화이트로 변한다.

"진동벨로 안내 도와드리겠습니다."

망할 진동벨을 낚아채서 곧장 화장실로 내달린다.

13   어느새 둘러싸이다

폭풍과도 같은 시간이 지나갔다. 해탈하여 내면의 평화를 찾은 느낌이 이런 걸까. 세상 편한 걸음으로 카운터에 가서 콜롬비아 원두커피를 받아 들고 값비싸 보이는 인조가죽 소파에 널브러진다. 온 근육에 힘이 풀리며 앉은 자리에 녹아들어갈 것 같다. 위기를 넘기자 주변이 눈에 들어오기 시작한다. 이른 시각 탓인지 매장에는 손님이 거의 없다. 불과 7,000원에 이런 쾌적한 공간을 독점할 수 있다니.

강남이 좋긴 좋구나. 한쪽 벽면은 커다란 통유리로 되어있어서 세련을 몸에 두른 행인을 실컷 구경할 수 있다.

매장 인테리어에는 고풍스러운 빈티지 스타일이 줄줄 흐르고, 잡담을 나누는 직원들은 죄다 똑똑해 뵈는 20대 청년이다. 자본주의가 탈 없이 작동하고 있음을 암시하는 향기가 청량한 에어컨 바람을 타고 퍼진다.

결벽에 가까운 도시 특유의 안락감이 낯설지 않다. 지나치다 싶은 스타일의 결벽이 구석구석 스며있다. 여기가 어디더라. 그러나 카페 이름을 적는다거나 영문 이니셜로 어설프게 암시한다면, 이 품위 있는 에피소드를 훼손하는 천박한 짓이 되리라. 그러므로 상호를 밝히진 않겠다만, 언제 어디서든 수지타산만 맞는다면 막대한 예산을 투입할 태세를 갖춘 글로벌 기업의 프랜차이즈라는 정도만 말해두자.

이 정도 기업은 사업에 관한 제반 사항을 갖추는 데 돈과 사람을 아낌없이 투입한다. 그렇게 구축한 시스템을 활용해서 라이프스타일을 판매한다. 인테리어며 간판, 소품, 유니폼, 심지어 직원들의 언행까지도 더할 나위 없이 설계된 티가 난다. 냅킨부터 원목 가구까지 이 모든 조각이 이음매가 보이지 않을 정도로 잘 결합돼 있다. 과연 진중한 도시인을 위한 테마파크답다.

교수님의 몹쓸 습성으로 카페 내부를 뜯어본다. 뭐였더라. 슬쩍 본 것 같은데. 이 완벽한 휴식 공간을 통제하는 하나의 세력. 그들을 알고 싶다. 물론 염탐은 예의에 어긋난다. 더구나 이곳은 급한 사정을 털어놓을 가장 사적인 공간과 시원한 공기를 베풀어준 은혜로운 장소가 아니던가. 하지만 직업적 궁금증을 참을 길은 없다.

번뜩, 공간에 서린 분위기를 배후에서 진두지휘하는 무리를 발견했다. 그들은 어디든 능글맞게 자리 잡고 있어서, 어쩌면 거기에 있는지도 모르고 지나치기 십상이다. 설대 과하지 않도록, 고양이가 영역표시를 위해 덤불 깊숙이 오줌을 갈기듯, 이곳저곳에 잠복해서 자신의 세력을 조장하는 무리. '코퍼플레이트 고딕'이라고 불리는 녀석들이다.

COPPERPLATE GOTHIC

프레더릭 W. 가우디가 1901년 디자인하고, 아메리칸 타입 주조소가 판매한 글자꼴.

급한 사정에 쫓겨 들어온 곳에서 120년 전에 탄생한 글자꼴 무리에 포위당했다. 왜 오래전 유명을 달리한 미국 디자이너의 유작이 강남 최고의 힙 플레이스에 포진해있는 걸까? 누가 이 알파벳 용병을 여기 끌어 들였나. 카운터 직원에게 이런 얘길 해봤자 겁에 질린 표정을 지을 게 뻔하다. 매장 주인은 선택권이 없으므로 할 말이 없으리라. 프랜차이즈 법인 대표에게 묻는다면 무슨 남미 커피 종자인가 할 게다. 글로벌 대기업 이사들은 새로 나온 골프 클럽 이름인가 하겠지. 그렇다면 누가 이 글자들을 여기에 심었단 말인가.

그래픽디자이너다. 그들을 알고 있다. 디자이너에게는 이런 식으로 거대한 욕망의 전술을 하나의 글자꼴로 압축해 내놓는 신비한 능력이 있다.

상황

카페 사업으로 이윤을 극대화
전문 파티시에가 만드는 디저트로 차별화
클래식한 유럽 분위기로 고급화
아라비카 원두 사용으로 전문화
블렌딩과 로스팅 선택으로 다양화
특별한 휴식, 작은 사치를 일반화

결론

그러므로 글자꼴은 코퍼플레이트 고딕

비약인 듯하나 사실은 매우 적절한 선택이다. 코퍼플레이트 고딕만큼 유러피안 클래식, 초콜리티한 테이스트, 스모키한 플레이버, 지친 당신의 작은 럭셔리를 한데 모아 적절히 표현하는 글자꼴은 다시없다. 비꼬자는 게 아니다. 이 프랜차이즈 업체에 코퍼플레이트 고딕은 역사적, 문화적으로 매우 탁월한 선택이다.

글자꼴 선택의 적절성만큼이나 중요한 사항은 그것을 얼마나 대규모로 일관되게 사용할 수 있는지다. 여기서부터 비용이 들고, 선수의 솜씨가 필요하다. 예산에 관한 문제라면 내기업은 걱정이 없다. 비용이 더 큰 수익으로 돌아온다는 분석이 끝났다면, 그다음부터는 레드오션에 자본의 융단폭격을 가할 일만 남았다. 돈과 사람을 '충분히' 투입하느냐가 관건이다.

경험 있는 바리스타와 파티시에를 고용한다. 자사의 유통망을 확장해서 원두를 수입한다. 목 좋은 곳을 임대해서 인테리어 공사를 한다. 인조가죽 소파와 원목 가구를 들인다. 광고 매체에 돈을 쏟아붓고 이벤트를 연다. 고객이 식중독을 일으켜서 소송이 발생할 상황을 대비해서 법률 팀을 구성한다. 아, 그리고 잊지 말자. 가장 중요한 사항. 그래픽디자인 선수를 섭외해서 '브랜드 아이덴티티'를 대변할 글자꼴을 가져오라고 지시한다.

주섬주섬 충전기를 꺼내 가까이에 있는 전원에 꽂았다. 우왕 찹찹. 휴대폰이 게걸스럽게 전기를 빨아들인다. 와이파이 비밀번호를 찾기 위해 영수증을 살폈다. 영수증에는 예의 모두가 아는 어수룩한 글자꼴이 빼곡하다. 이 작고 하얀 종이는 코퍼플레이트 고딕의 힘이 닿지 않은 청정 지역이다. 제2차 세계대전의 폭풍 속에서 끝까지 중립국으로 남은 스위스처럼. 그렇게 생각하니 볼품없는 영수증이 각별하다.

노골적인 자본적 계획이 피해 간 지역. 미국에서 온 글자꼴 용병이 투입되지 않은, 혹은 그럴 가치가 없었던 좁고 얇은 종이의 한 면. 그곳에 영문도 모른 채 투박한 모양새로 어리둥절 새겨진 글자들. 지금은 그렇다 한들, 이 사소한 종이 쪼가리마저 그래픽디자이너의 철저한 감독 아래 들어갈 날이 곧 닥칠 것이다. 충분한 예산과 인원이 투입되는 순간, 기업이나 정부가 원하는 임무를 수행할 영민한 글자꼴이 그 자리를 채울 것이다. 그래 봐야 워낙 사소하고 미묘한 교체인 탓에 웬만큼 예민하지 않은 사람은 그 변화를 알아채지도 못하리라.

이곳 매장은 누구나 쓸 수 있도록 인심 좋게 와이파이

를 열어뒀다. 화장실, 에어컨, 전기, 와이파이까지. 강남이 좋긴 좋구나. 콜롬비아산 원두의 미묘한 산미가 혀뿌리에 감긴다. 커피 향이야 아무려면 어때. 대한민국 한복판에서 나만의 사치스러운 라이프스타일을 만끽하는 것으로 됐다. 약속 시간이 가까워져 온다. 이제 빠져나가야 할 시각이다.

영수증에 고립된 어수룩한 글자들을 구겨서 버린다. 곳곳에서 알파벳으로 속삭이는 미국 용병들을 냉정히 무시하고 출구로 향한다. 그들 역시 지저분하게 붙잡지 않는다. 다시 오라고 권하지도 않는다. 그런 건 아마추어나 하는 짓이라는 듯. 육중한 유리문에 다다르자 마지막으로 코퍼플레이트 고딕이 말한다.

PULL

보란 듯이 문을 밀어젖히고 폭염이 쏟아지는 강남 거리로 나선다.

당연히 물컵이다

'우사단'이란 단어에는 맑은 울림이 있다. 입에 담을 때면 단정한 흥취가 올라온다. 예전에 기우제를 지내는 재단이 있었다는 점에 착안해서 지은 길 이름이라고 하니 이 또한 흥미롭다. 높은 언덕 잘 보이는 곳에 재단이 있고 한복을 입은 사람들이 그 주변을 둘러싸고 있는 장면을 상상한다. 비 내림을 부탁하는 신성한 장소를 둘러싼 그들은 한결같이 투명하고 경건하다. 그럴 수밖에 없다. 목숨이 걸린 문제니까.

우사단길은 이태원에 있다. 이태원 동네의 느낌은 경건한 제사와 거리가 멀다. 서울에서 꽤 오래 살았지만 이태원은 도통 갈 일이 없었는데, J가 이 동네에 살롱을 개점한 덕분에 난생처음 이태원 우사단길을 알게 됐다.

자동차 두 대가 간신히 빠져나갈 너비의 야산 정상 골목, 의욕 넘치는 예술가의 공방, 설거지 이모를 찾는 족발집, 레트로 스타일 양품점, 무슬림이 빵을 만들어 파는 베이커리가 각자 정체 모를 강한 기운을 내뿜으며 한데 뒤엉켜 소용돌이치고 있다. 상권이니 유동 인구니 하는 흔한 부동산 용어가 무색하도록 그들은 후미진 골목에서 전후좌우 살피는 일 없이 당당하다. 그 기세가 맘에 든다고 말하자 J가 넌지시 귀띔한다.

"기운이 강해서 도깨비가 나오는 곳이야."

이곳을 맘에 들어 하는 걸 보니 너 역시 기가 센 사람이라고 한다. 오해다. 내가 그럴 리 없다.

볼일이 있어 택시를 타고 J의 살롱으로 향하던 날이었다. 넉넉히 출발하기도 했고, 레이서 출신 택시 기사님이 운전을 드라마틱하게 하신 덕분에 정해진 시간보다 무려 50분이나 일찍 도착했다. 철커덕 잠긴 살롱 문을 앞에 두고 나는 기운 센 이곳에 휑뎅그렁 방치됐다. 그러니 이 흥미로운 동네에서 식사를 해보자. 모처럼 이국적인 음식으로.

식당이 있을법한 언덕 아래 방향으로 걸었다. 마침 동네 흑인 형님이 한껏 늘어진 트레이닝복 차림에 슬리퍼를 끌고 맞은편 구멍가게로 들어간다.

"말보로 한 갑 주세요(한국어로)."

할머니가 말보로 한 갑을 꺼내준다(말없이). 그 할머니 길이가 흑인 형님의 딱 절반이다. 같은 인간인데 크기 차이가 저렇게 날 수 있을까 싶다.

한동안 걸었지만 보쌈집, 김밥집, 트렌디한 웰빙 밥집이 보였을 뿐, 이국적 느낌을(그게 뭔지는 몰라도) 내뿜는 식당은 좀처럼 눈에 띄지 않았다. 더 지나 이슬람교 중앙성원 가까운 곳에 이르자 드디어 이국적 식당과 상점이 등장한다. 유려한 아랍 문자와 생동감 넘치는 무슬림이 그곳에 있었다. 그들 가운데서 나는 털이 듬성듬성하고 피부가 희멀게서 병색이 짙은 괴상한 사람임이 분명했다. 미국 생활 이후 오랜만에 겪는 이방인이 된 느낌이 썩 좋았다.

수줍은 중년은 미지의 식당이 두렵다. 이런 동네에서는 어디서 뭘 먹어야 할지. 나 같은 어설픈 아저씨가 혼자 주문해도 되나? 의사소통은 영어로? 식기를 주지 않고 손으로 먹길 권하지 않을까? 물 담배를 나눠 피는 사막의 무슬림 사내들이 시비를 걸면 어쩌지? 어처구니없는 망상에 사로잡혀 가다 서기를 반복한다.

이대로 계속 서성이다가는 CCTV가 수상한 자로 낙인찍을까 싶어 어디라도 들어가자 결심한 그때, "카이로 바비큐CAIRO BBQ"라고 적힌 간판이 눈에 들어왔다. 한글은 단호한 고딕체 글자꼴인 것과 달리 알파벳은 어정쩡하게 장식적인 글자꼴이다. 왼쪽 위에 아랍 문자로 뭐라고 써있다. 마찬가지로 '카이로 바비큐'라는 뜻일까? 아니면 '어서 오세요'라든지, '고향의 맛' 따위의 내용일지도 모른다.

왠지 모르게 이집트 카이로는 낯설지 않다. 부루마블 게임에 나오잖아. 역사 다큐멘터리에도 이집트가 종종 등장하고. 스핑크스, 피라미드도 알고 있으니 아무래도 다른 중동 도시에 비해 친숙하지. 만약 물 담배 패거리가 노려보면 뒤도 안 돌아보고 도망치리라. 마음을 단단히 먹고 카이로 바비큐에 들어간다.

카이로 바비큐는 밝고 적막하다. 점심을 먹기엔 이른 시간이라 식사 중인 사람이 한 명밖에 없다(알고 보니 그는 주방 직원이었다). 물 담배 패거리는 없고, 대신 홀에 나와있는 직원이 무료한 표정으로 아랍어가 흘러나오는 뉴스를 시청 중이다. 그가 금빛 브로치로 고정한 터번 같은 걸 두르고 있다면 좋겠으나, 아쉽게도 청바지에 후드티 차림이다. EBS 다큐멘터리 방송과는 다르군. 새하얀 터번과 망토, 번쩍번쩍한 장신구는 어쩌면 왕족의 차림새일지도 몰라.

내가 들어서자 그는 흠칫 놀라더니, 귀찮음과 환영이 반반인 애매한 표정을 지으며 의자에서 일어난다.

"식사 되나요?"

이럴 땐 어설프게 영어를 하기보다는 당당히 한국말을 하는 편이 낫다.

"식사… 예스. 엄… 저쪽."

안내를 받아 자리에 앉는다. 인테리어는 여느 동네 식당처럼 이렇다 할 특징이 없다. 마치 '외국이라고 의식하지 않겠어.'라고 말하는 듯하다.

눈썹 털이 송승헌만큼 빽빽한 직원은(이집트인으로 추정) 말없이 녹색 유리 용기를 놓고 갔다. 혼란스럽다. 꽃병일까? 덜어 먹는 앞접시일까? 손 씻는 그릇일까? 뭘 고민하는 거야. 당연히 물컵이다. 이집트 분위기에 압도당한 나머지 뇌가 뻣뻣하다.

다행히 메뉴판에는 한글로 요리 이름과 재료가 표기돼 있다. 낯선 음식 리스트를 앞에 놓고 '촌놈의 고민'에 빠졌다. 메뉴 하나만 주문하긴 싫다. 무작위로 골라잡은 요리 하나가 이집트 식문화 전체를 대변하는 건 부당하니까. 그렇다고 세 가지를 주문하면 다 먹지 못할 것 같은데. 그러던 중 흥미로운 메뉴 발견.

다진 무아마르 밥(고기와 마가린) 4,000

훈제 양갈비 10,000

오옷! 스테이크가 저렴하군. 이집트 사람들이 마가린을 좋아하는 줄 몰랐다.

TV 시청에 열중하는, '별칭 이집트에서 온 송승헌'을 불러 '다진 무아마르 밥'과 '훈제 양갈비'를 주문했다. 이십트 송승헌은 아름다운 아랍어로 주방에 주문을 넣고 이내 TV로 눈을 돌린다.

음식을 기다리는 사이 검은색 점퍼를 입은 한국인 두 명이 화라락 들어와서 전망 좋은 자리에 앉는다. 둘 다 머리끝부터 발끝까지 검은색으로 뒤집어썼다. 한 명은 검은색 돕바에 스냅백, 다른 한 명은 검은색 파카에 비니 차림이다.

방한이 잘된 실용적 취향과 시크하지만 어딘지 모르게 피곤한 분위기에서 사진, 영상 제작자 냄새가 난다. 휴대폰을 보는척하며 그들의 대화에 몰래 귀를 기울인다. 아니나 다를까 영상에 관한 기술적 얘기가 흘러나온다. 이집트 바비큐 하우스에 검은 예술가들이라니. 인터내셔널 하이브리드 기류가 요동친다.

검은 2인조를 관찰하는 사이 첫 번째 요리가 나온다.

이것이 무아마르 밥. 순두부찌개를 담는 크기의 뚝배기에 마가린을 코팅해서 살짝 태운 쌀밥을 담았다. 한 숟갈 먹어봤더니 이건 그냥 마가린을 곁들인 누룽지잖아. 냄비에 밥을 짓던 대학생 시절, 가끔 물 조절에 실패해서 먹어야 했던 그 딱딱한 밥. 뚝배기 밑바닥을 뒤져봐도 고대 스핑크스의 풍미는 보이지 않는다. 혼란스럽다. 이 뚝배기의 어느 부분이 '무아마르'일까.

양고기가 나올 때까지 찬찬히 음미한다. 깨작깨작 꾸준히 입에 넣어봐도 무아마르를 느낄 수는 없다. 이건 그냥 누룽지다. 혀로 밥알을 굴리며 입 안에 공기를 머금고 콧구멍으로 내뿜으니 저 멀리 오뚜기 마가린 냄새가 아득하다.

훈제 양갈비 등장. 모양이 일품이다. 적절한 크기에 맛있게 익힌 빛깔, 그리고 잡고 뜯기에 적절한 뼈. 대여섯 조각이 엉켜있는 고기는 가격에 비해 양이 많은 편이다. 눈 시식을 마치고 과격하게 한 입 뜯어 물었는데! 양고기 맛이다. 그리고 연기에 익힌 맛이다. 이것이 피라미드다운 맛일까. 겉은 잘 익었고 속은 촉촉하다. 양고기 특유의 냄새가 많이 나지 않는 걸로 봐서는 숙성 과정을 제대로 거친 듯하다. 원료와 공정에 충실한 맛. 후추를 잘 뿌려 솜씨 있게 구웠다. 맛을 분석하다 보니 이미

'훈제 양갈비'라는 이름이 다 설명하고 있네.

그렇다면 '무아마르'는? 찾아봤더니 '무아마르'는 사람 이름이다. 요리사 이름일지도 모른다. 말하자면, 내가 밥을 지어서 '지원스 라이스'라고 이름 붙이는 식이다. 외국에서 그렇게 팔면 평범한 쌀밥도 나의 시그니처 요리가 될 수 있다는 건가. 아, 몰라. '무아마르'를 모르는 나의 무식이 답답할 뿐이다.

그런데 아까부터 집착하는 '이십트의 맛'은 도대체 어떤 맛이란 걸까? 미지의 맛을 논거하는 바는 '맛의 방정식'이라 할만하고(모르는 맛을 x라고 하자), 맛을 개념화해서 사유하는 바는 '맛의 추상화'라 할만하다(맛의 진실은 인식 저 너머에 있다). 쉽게 말해, 이집트의 맛이 뭔지도 모르는 주제에 이집트의 맛을 기대하는 나의 거만한 전두엽이 문제라는 뜻이다.

내가 음식을 앞에 놓고 내적 자아와 티격태격하는 내내, 잘생긴 이집트 송승헌의 눈은 TV 화면을 벗어나지 않는다. 아랍어로 나오는 뉴스라서 내용을 이해할 수는 없다. 뉴스 화면에서는 미사일과 폐허가 된 시가지, 폭탄이 터지는 장면이 연이어 나온다. 시리아 내전에 관한 보도다. 그곳에는 야스민, 자카리아, 아마툴라, 압드알라 같은 이름으로 불리는 사람들이 살고 있다. 다시 보니 예의 송승헌의 얼굴은 근심으로 뒤덮였다.

이런저런 생각 끝에 훈제 양갈비는 뼈만 남았다. 마가린 뚝배기도 박박 긁어 비웠다. 이집트 식당에서 지나치게 이집트를 의식한 나머지 음식을 제대로 음미하지 못한 기분이다. 물 한 잔 마시면서 혹시 이집트 물은 특별하지 않을까 기대하는 꼴이 웃기다. 방송에서 유행하는 요리 쇼라든지 맛집 탐방 프로그램을 너무 많이 시청했나 보다.

다른 나라에 가서 그곳 사람들에게 잘하는 음식점을 소개받아 찾아가면 평범한 분위기와 심심한 맛에 기분이 머쓱한 경우가 있다. 만약 관광 안내 책자를 보고 찾아간 어떤 레스토랑에서 극적인 미각 경험을 느꼈다면 그것은 단기 관광객을 위한 레시피일 가능성이 높다.

우리가 별미로 여기는 이국적 요리가 그 나라 사람들에게는 매일의 먹거리다. 살아가는 모습이 다른 만큼 재료와 맛이 다르겠으나, 많은 사람이 매일 먹는 음식이 유별나서는 곤란하다. 모두의 일상이 평범한 만큼 그 일상에 속하는 먹는 일도 평범하지 않겠는가.

냥냥이가 멱살 잡고 하드 캐리

몇 년 전부터 '캐리'라는, 무슨 말뼉다구 같지도 않은 말이 언어소통을 '하드 캐리'하는 중이다. 처음에는 온라인 게임 사회에서 유행하는가 싶더니, 초가을 들불처럼 삽시간에 모든 영역으로 퍼져나가는 기염을 토했다. 일터에서도 캐리, 회식에서도 캐리, 조별 발표에서도 캐리, 드라마 조연 배우도 캐리, 강아지 사진도 캐리, 망고 빙수도 캐리⋯ 하여간 뭐만 좋으면 다 캐리란다.

carry /kæri/

1. (이동 중에) 들고 있다; 나르다.

2. 휴대하다, 가지고 다니다.

3. (물·전기 등을) 실어 나르다.

출처: 네이버 영어사전

이 말은 처음에 온라인 게임 팀 대항전에서 많이 쓰였다. 어떤 플레이어가 맡은 역할 이상의 능력을 발휘해서 팀이 승리하는 데 결정적 기여를 했을 경우 '캐리했다'는 말로 그 공적을 표현하곤 한다. 어느 프로게이머가 인터뷰에서 "Faker(게이머 이름) is a hard carry."라고 했다는 데서 유래했다.

온라인 게임 속 '캐리' 올바른 활용 예

(상황: 다들 못하는데, 상대 팀이 더 못해서 이긴 뒤 채팅창)

[꼬마티탄] : 캐리햇다

[HAKSAL] : 내가 캐리함

[숨겨진트롤] : 내 캐리 ㅇㅈ?*

[숨겨진트롤] : ㅇㅈ

[유령바지] : 내 캐리임. 팟지** 보고 가셈

[HAKSAL] : 딜러캐리

[옵치왕] : 형들, 캐리가 무슨 뜻인지 알고 말하는 거임?

[꼬마티탄] : 진지충*** ㅋ

[숨겨진트롤] : 모름

[유령바지] : 틀딱****

[HAKSAL] 님이 게임을 나갔습니다.

한 인기 예능에서 '회식 자리에서 하드 캐리한다.'라는 말이 나온 이후로 '하드 캐리'는 게임 커뮤니티를 벗어나 일상에서 폭발적으로 많이 쓰였고, 이제는 거의 일상어의 반열에 들어온 수준이다. 처음에는 표현이 절묘하고 웃기기도 해서 그런대로 들어줄 만했다. 하지만 일단 범매체적 유행을 타기 시작하니 사람들은 당치도 않은 상황에 대충 때우듯이 캐리를 갖다 붙이기 시작했다.

일상 속 '캐리' 남용 예

(상황: 뭔가 자극적으로 말하고 싶은데, 딱히 하고 싶은 말은 없음)

이번 휴가는 청하가 하드 캐리했다.
DPF 클리닝, 하드 캐리하게 완벽 해결
1:1 초밀착 관리로 멱살 잡고 하드 캐리
수소 상용차 보급 확대 하드 캐리 나선다.
이 정도면 우리 냥냥이가 하드 캐리했죠.
데이트 분위기 하드 캐리, 가르텐 그릴 예약 가능

극적인 상황을 암시하는 단어이다 보니 '캐리'만 들어가면 무슨 MSG 같은 걸 끼얹나 싶게 말이 자극적으로 변한다. 하지만 그것만으로는 성에 안 차는지 굳이 '하드'를 수식어로 붙인다. 재치 있어 보이고 싶은 마음은 이해하지만, 그런 식으로 내용 없이 조미료만 내세워서는 별로 들어주고 싶은 말이 될 리 없다. 한때 재밌었던 이 신조어는 이제 진부함의 끝자락에 얹혔다.

---

*   ㅇㅈ: 어떤 의견에 대해 동의하거나 공감 여부를 확인하는 신조어. '인정'을 초성으로 줄인 표현이다. 인터넷 개인 방송 채팅창에서 시작된 것으로 추정한다.

**   팟지: 온라인 대전 게임인 오버워치에서 한 게임이 끝난 후 멋진 장면을 리플레이로 보여주는 것을 'Play of the Game'이라고 하고, 이를 줄여서 'POTG'라고 하는데 이를 한국식 발음 그대로 적은 말.

***   진지충: 가벼운 화제에 불필요하게 진지하게 반응하는 사람을 조롱 어투로 지칭하는 말.

****   틀딱: '틀니'와 '딱딱'를 합성한 신조어. 주로 틀니를 노인들이 착용한다는 점에 착안하여 자신보다 윗세대를 혐오하여 칭하는 말.

미필적 유행

지하철에서 손잡이에 매달려 멍하니 샌드백처럼 흔들리는데, 돌연 움찔하고 불쾌한 느낌이 찾아든다. 마치 정전기를 느꼈을 때처럼 몸이 먼저 반응한다. 찡하고 고막이 울리며 척추에 식은땀이 맺힌다.

2시 방향 10m 지점, 중년 남성. 그가 입은 윗도리는 내 몸에 걸친 그것과 같은 제품이다. 브랜드, 디자인, 색이 모두 일치한다. 공교롭게 그와 나는 비슷한 연령에 체형마저 유사하다. 맙소사! 탈모 특성화까지 공유할 필요는 없었잖아.

좁은 객차 공간에서 중년 대머리 데칼코마니 인간이 마주하는 발랄한 상황극의 주인공이 된다. 코믹 시트콤 엔딩 장면으로 쓸만하다. 그와 내가 반짝하고 눈이 마주

친다면, 화면이 정지하고, 카페베네 광고 배너가 뜨고, 극적인 테마곡이 흘러나올 분위기다.

괜히 민감한 거야. 누가 같은 옷을 입었든 벗었든 사람들은 신경 쓰지 않아. 다들 스마트폰을 보느라 바쁠 따름이라고 되뇌며 애써 침착하려 하지만, 마음과 달리 주변 시선이 간지럽기만 하다. 우연히 같은 옷을 입은 한 쌍이 좁은 공간에 배치된 망측한 상황. 성숙한 시민은 무관심을 가장해 그들을 배려한다. 이것이 현대사회의 미덕이다. 하지만 막상 당사자는 이런 배려마저 불편하다. 묵직한 공기에 눌려 숨이 막힌다. 다들 고개 숙이지 말고 뭐라고 잡담이라도 해줬으면. 아직 모범 시민에 진입하지 못한 유치원생이 그 자리에 있었다면 이렇게 외쳤으리라. "와! 저 아저씨들 쌍둥이다."

셔츠가 동일 제품인 사실은 의심할 필요가 없다. 이 셔츠로 말할 것 같으면, 이번 계절에 유행하는, 아니 정확히 말해 어떤 글로벌 의류 브랜드가 이것이 유행이라고 선포한, 메가트렌드 디자인이다. 이 셔츠는 공장에서 바퀴벌레만큼 많은 수량이 뿜어져 나왔고, 무심한 듯 시크한 모델이 입은 사진이 잡지와 옥외광고에 내걸렸으며, 전 세계 주요 도시에 자리 잡은 쾌적한 매장에서 팔랑팔랑 팔려나갔다. 그러니 같은 옷을 입은 사람을 목격한 상황이 희귀한 사정은 아니다.

다만 이 광경이 우스꽝스럽고, 그래서 이 멍청한 촌극의 주인공으로 관심받기가 끔찍하게 싫을 뿐이다. 거리에서 사람들로부터 주목받게 된다면 이보다 자랑스러운 모습이고 싶다. 수치심이 증오심으로 승화한다. 저 인간은 왜 어울리지도 않는 트렌디 셔츠를 처입은 거야. 나잇살 먹고 주책도 유분수지. 다음 역에서 내려 열차를 갈아타기로 한다.

옷은 나를 드러내는 표현의 수단이지만, 그렇다고 막 내키는 대로 입을 수도 없는 노릇이다. 고상한 취향으로 자신에게 어울리는 옷을 고를 줄 아는 사람은 많지 않다. 옷 맵시는 옷 자체와는 또 다른 문제여서, 모델이 입은 사진이라든지, 혹은 중립적인 마네킹에 걸린 상태에서 내게 어울리는 옷을 찾을 수 없다. 그렇다고 브랜드의 유명세로 판단할 문제는 더더욱 아니다. 옷은 사람에 따라 본질이 달라지는 탓에 아무리 그 자체로 우수한 디자인이라 해도 사람과 어울릴 수 없다면 버리지도 입지도 못할 애물단지로 전락한다.

나는 옷에 관해 무관심한 편이다. 나의 무념무상 패션 센스에 아내도 두 손 두 발 다 들었다. 그런데도 타인의 시선은 옹골차게 의식하는 줏대 없는 중년이라, 옷 못

입는 사람이라는 평가는 상처가 된다. 옷에 신경 쓰자니 귀찮고, 대충 입자니 죄송하다. 사면초가일진대 모든 문제가 내 탓이라, 이러지도 저러지도 못한다. 함께 일하고 공부하는 사람들이 내 외모 탓에 불쾌해진다면 곤란하다. 궁여지책으로 요즘 유행하는 메가트렌드 의류 제품을 구입하기로 한다. 가장 널리 유행하는 옷은 가장 평범한 옷이 된다. 특별히 고민하지 않아도 좋다. 궁극기는 아니지만 평타는 칠 수 있다.

유행하는 신상을 알아보기란 어렵지 않다. 유명한 저가 브랜드 매장을 찾아가서 눈에 띄게 진열된 상품을 바구니에 담는다. 모델의 모습과 두꺼운 폰트의 글자를 인쇄한 광고 포스터, 마네킹이 입은 제품. 바로 그것이다. 단, 할인 폭이 큰 제품은 피할 것. 유행의 끝물일 가능성이 높다.

몇 가지 색이 다채롭게 진열된 셔츠가 눈에 들어온다. 그 제품이 이번 계절 유행이라고 매장 전체가 신나게 떠들고 있다. 길게 고민하지 않는다. 라지 사이즈, 서로 다른 색깔로 세 개 집어 들어 신속히 계산한다. 그 세 쌍둥이를 로테이션해서 두 계절을 범타 처리할 생각에 마음이 들뜬다.

결과적으로 패션 패배자가 최신 유행 아이템을 챙겨

입는 역설적 상황이 발생한다. 트렌드를 따르고 싶은 의욕은 고사하고 애초에 관심이 1도 없는 패알못이 의도치 않게 거대 유행의 흐름에 합류하는 현상. 이러한 현상을 가리켜 '미필적 유행'이라 명명하기로 한다.

오는 길에 지어낸 새로운 용어를 잊지 않으려고 수업 중간 쉬는 시간을 틈타 스마트폰에 메모한다. '미필적 유행', 나중에 써먹어야지. 만족스러워 히쭉히쭉하는데 한 학생이 살며시 다가와 지그시 눌러 말한다.

"선생님, 그거 아세요? 저랑 똑같은 옷 입으셨어요."

어쩔 수 없다. 미필적 유행에 올라탄 패알못에게 부과된 과태료 같은 것이다. 그렇지만 하루에 두 번은 너무하잖아. 그나마 이번엔 젊고 쿨하고 머리숱 빽빽한 사람과 겹쳐서 다행이다. 그래서일까. 주변 사람들은 눈치채지 못한 듯하다. 다시 보니 그가 입은 셔츠는 내 것과 사뭇 달라 보인다.

뭐지? 같은 옷, 다른 사람? 무엇을 입는지보다 누가 입는지가 중요하단 말인가? 그랬구나. TV 광고에서 "리넨은 구겨져야 멋있다."라고 하는 말을 냉큼 믿고 달려가 샀던 리넨 셔츠가 기억난다. 잊지 말자. 구겨져도 멋진 리넨은 정우성이 입은 리넨이다. 정우성이 입으면 구겨지든, 구멍 나든, 구워 먹든, 뭔들 멋지다.

거대 자본은 말라 죽지 않기 위해 유행을 낳는다. 거리의 수많은 사람은 각자 다른 사연으로 유행을 따른다. 다양한 선택의 범주에 미필적 유행도 당당히 한자리 차지한다. 그러나 미필적 유행에는 엄연한 한계가 따른다. 모름지기 패션피플이라면 유행을 따르더라도 자신에게 특화된 코디로 그 안에서 개성을 연출할 터다. 우리 속 가축처럼 주는 그대로 받아먹어서는 한숨 나오게 밋밋한 스타일만 되새김질할 운명이다. 그래도 노력 없이 얻은 결과치고는 나쁘지 않잖아. 평타는 쳤으니 적어도 패션 테러로 눈총받는 사태는 모면한다. 뭘 더 바라겠는가.

사람은 사람을 마주하고 살아간다. 그리고 이 경험은 말, 행동, 표정, 냄새, 외모와 같은 감각적 접촉면을 통해 전달된다. 타인에게 불쾌한 느낌을 주지 않기 위해, 때론 좋은 인상을 남기고 싶어서, 사람은 자신만의 방식대로 여러 접촉면을 설정한다. 그래서 옷을 선택하고 갖춰 입는 일은 사회적 활동이다. 옷은 나와 타인의 경계면에 위치하며 소통의 분위기를 형성하는 시각 인터페이스가 된다.

그렇게 알고 생각하면 옷을 골라 입는 일도 결국 일상의 디자인이란 사실을 깨닫게 된다. 연예인만 코디네이션을 하는 게 아니다. 모든 사람은 외출을 준비하며 옷이라는 인터페이스를 디자인하는 디자이너가 된다. 거리에는 다양한 콘셉트로 오늘의 코디를 디자인한 사람이 있다. 고급스러운, 엄숙한, 유쾌한, 실용적인, 활동적인, 그리고 그중에는 '잘 몰라서 유행에 올라탄' 콘셉트도 가끔 보인다. 아니, 자주 보인다. 다만 눈에 띄지 않을 뿐이다. 패션에 의욕이 부족한 절대다수 그들은 메가트렌드가 고맙다. 답 없는 고민에 휩싸이는 대신 유행이 정해주는 대로 따라가면 최악의 사태는 피할 수 있다.

은밀한 책 정리

누나는 영재다. 미취학 아동을 키우는 부모라면 누구
나 '혹시 우리 아이가 영재가 아닐까.'라며 한 번씩 고민
한다는 그 영재다. 천재는 아니다. 천재는 미지의 존재
다. 그것은 잃어버린 대륙, 시커먼 우주를 연상케 할 만
큼 거대하다. 우리 누나는 그 정도는 아니다. 적당히 인
간적인 영재일 뿐이다. 선천적인지 후천적인지 몰라도
누나는 공부와 시험이라면 신통하게 잘했다. 중간고사
도, 기말고사도, 대학입시도, 미국 대학원 진학 시험인
GRE 테스트도 잘 봤다.

다만 운전면허 필기시험은 시험일 직전까지 위태로
워 보였다. 쌀쌀한 이른 봄 아침, 누나는 고사장에 가기
위해 내가 통학하는 버스를 같이 탔다. 그녀는 바퀴 윗

부분에 위치한 높은 버스 좌석에 쪼그리고 앉아 달력처럼 거대한 문제지를 무릎에 펼치고 문제를 풀었다. 어깨 너머로 봤더니 다섯 문제 중 세 문제꼴로 오답이었다.

"공부 안 했구나. 떨어지겠네."

누나는 집중한 사람 특유의 무심한 어투로 대답했다.

"그러게 말이다."

그날 누나는 필기시험을 만점으로 통과했다.

매번 성공에 성공을 거듭하는 그녀의 시험 결과는 지켜보는 이에게 통쾌함을 선사하는 힘이 있었다. 물론, 이런 가벼운 평가는 공평치 못하다. 누나는 보이지 않는 곳에서 어마어마한 시간과 노력을 쏟아부었다. 천재가 아니다. 책을 외우지 않고 문제를 풀어새끼는 능력은 없었다. 영재 정도의 재능으로 초, 중학교 시절 내내 꾸준히 전교 1, 2등을 유지하기란 보통 노력으로는 안 되는 일이다. 과외를 받거나 학원에 다닌 적도 없다. 부모님은 사교육 추진제를 투입할 만반의 준비가 되어있었지만, 추락은커녕 점점 더 높이 날아가는 비행기에 추가 급유를 할 필요는 없었다. 공부를 즐겼는지, 싫어도 견뎌냈는지 알지 못한다. 누구도 공부를 향한 그녀의 의지에 관심을 두는 사람은 없었으니까. 그저 매번 대박을 터뜨리는 시험 결과에 감탄했을 뿐이다.

내가 기억하는 중학생 누나의 모습은 공부하거나 책을 읽거나 둘 중 하나였다. 어느 쪽이든 겉보기엔 똑같다. 연필을 들었느냐 아니냐의 차이가 있을 뿐이다. 학원이나 독서실 출입을 하지 않던 누나는 오직 학교와 집만 오갔다. 집에 있을 때 그녀는 단출한 침대와 옷장, 책상이 놓인 썰렁한 방에 틀어박혔다. 이마가 드러나도록 단발머리를 뒤로 넘겨 머리띠로 고정하고, 트레이닝복 차림으로 보루네오 마크가 달린 책상에서 책을 들여다봤다.

그녀는 전체적으로 무난한 인상을 풍겼다. 앙다문 입과 또랑또랑한 눈은 자못 도전적이지만, 그 생경함은 타고난 귀여운 인상에 묻혀 잘 드러나지 않았다. 연예인처럼 미인은 아니었지만, 적당히 작달막한 체구에 이목구비가 균형을 이룬 덕에 "공부를 잘하는데 얼굴도 예쁘다."라는 소릴 곧잘 들었다. 하지만 동생인 나를 향해 뱉어내는 언사는 도통 부드러운 구석이 없었다. 좋게 말하면 사리 분별이 정확하고, 나쁘게 말하면 인간미가 없었다. 유머 감각이 빵점이어서 농담을 던지면 쌩하니 튕겨 나왔다. 용건 없이 자기 방에 들어오면 필통을 던졌다. 하지만 이런 괴팍한 면을 보는 이는 나뿐이었다. 사람들은 그녀의 냉정한 구석마저 비범한 총기의 증거로 받들었다. 그래서인지 사회성은 썩 괜찮았다. 어디를 가나 칭찬을 받았다. 주변에는 2등에서 5등 사이의 친구가 두세 명 있었고, 싸운다든지 따돌림을 당한다든지 하는 일도 없었다. 교사들의 총애를 받았음은 두말할 필요가 없다.

누나에 관한 별다른 추억이 없다. 사이가 나빴다는 뜻은 아니다. 나쁜 사이란 어떤 관계가 존재할 때 성립한다. 우리는 피붙이지만 어쩐지 타인이었다. 그렇기에 좋고 나쁠 '사이'가 없었다. 기본적으로 나라는 인간은 누나의 관심 밖에 있었다. 그녀에게 남동생은 일종의 배경에 불과했다. 동생이 있다. 알고 있다. 하지만 어쩔 생각은 없다. 그냥 동생이 하나 있을 뿐이다.

누나가 초등학교 3학년이던 해까지 그녀는 가끔 엄마의 강압에 못 이겨 나를 혹처럼 달고 친구 집에 놀러 가야 했던 적이 있었다. 그때마다 나는 어이없는 실수와 무례한 언행으로 그 집 사람들을 불편하게 했다. 나중에 생각해낸 것이지만, 비교적 무난한 아이였던 내가 남의 집에서 찻잔을 깨뜨린다든지, 별것 아닌 일에 심통이 나서 울음을 터뜨렸던 이유는 누나에게만 호의를 보이는 환경에 주눅이 든 탓이 아니었을까 싶다. 내 사정이야 어찌 됐건, 우리 남매가 동행하면 누나는 곤란한 처지에 놓이기 일쑤였고, 나는 나대로 우울했다. 누나가 4학년이 되고 내가 초등학교에 입학한 이후로 급기야 우리 남매는 단둘이 동행하는 이벤트를 일절 거부했다. 이런 누나를 둔 덕분에 나는 드라마가 강요하는 편견, 그러니까 누나라는 존재는 동생들을 챙기고, 헌신하고, 희생하는, 제2의 엄마와 같은 여자라는 날조된 인식에서 일찌감치 자유로울 수 있었다.

보범생 누나가 집에서 하는 최고의 유흥은 소설을 읽는 일이었다. 그녀가 거실 소파에 엎드려 참고서가 아닌 다른 책을 읽으며 쉬는 모습은 방과 후 텅 빈 운동장만큼이나 여유로워서 좋았다. 추리소설, SF소설, 연애소설, 소설이라면 가리지 않고 읽었다. 60권 분량의 세계문학 전집도 읽었다. 『암 병동』, 『카라마조프가의 형제들』, 『대지』, 『닥터 지바고』, 『데미안』, 『폭풍의 언덕』…. 공부하지 않는 시간 대부분을 이런 책들을 파먹으며 보냈다.

그녀가 세계문학 전집을 무서운 식성으로 먹어치우기 시작할 무렵, 나는 그에 맞춰 은밀한 작업에 착수했다. 내가 나에게 부여한 임무는 누나의 독서 현황을 세심히 점검하고, 그녀가 책을 하나씩 완독할 때마다 책장에 전집이 꽂힌 순서를 바꾸는 일이었다. 읽은 책은 왼쪽 끝

으로 옮기고, 앞으로 읽을 책은 오른쪽에 남겨놓는 식이
다. 좌측과 우측 그룹의 경계에는『세계는 넓고 할 일은
많다』라는 제목의 숨 막히는 자기 계발서를 상징적으로
배치했다.『세계는 넓고 할 일은 많다』를 기준으로 왼쪽
은 읽은 책, 오른쪽은 아직 읽지 않은 책이었다. 읽은 책
은 왼쪽부터 최근 순으로 배열했다.

　왜 그런 일을 했냐고 물으면 할 말이 없다. 굳이 말하
자면 그 무렵 나의 시간은 끈적할 정도로 남아돌았고,
오른쪽에서 왼쪽으로 느리지만 충실하게 책을 한 권씩
옮기는 일에서 묘한 만족감을 느꼈다는 정도가 이유라
면 이유다.

　어느 날 누나가『좁은 문』을 다 읽고 책장에 아무렇
게나 꽂아두면, 나는 속으로 환호한다. 할 일이 생겼다.
볕이 들지 않아 선선한 문간방에 들어가 책장에서『좁
은 문』을 빼낸다. 책이 빠져나온 시커먼 공간을 바라보
며 또 하나의 작지만 착실한 진보를 실감한다. 책장 왼
쪽 끝에 손을 밀어 넣어 공간을 만들고『좁은 문』을 끼
워 넣는다. 마찰력을 이기고 밀려 들어가는 빡빡한 감촉
과 함께『세계는 넓고 할 일은 많다』가 오른쪽으로 책 한
권 두께만큼 이동한다. 이런 일을 반복해서 전집의 위치
를 바꿔나갔다.

짧지 않은 시간 동안 나는 이 은밀한 책 정리를 꾸준히 해냈다. 정확히 언제 시작했는지는 기억나지 않는다. 하지만 모든 책이 왼쪽으로 옮겨진 순간은 기억한다.

86아시안게임 광고가 한창이던 더운 봄날의 늦은 오후, 나는 누나에게 탈탈 털리고 하얗게 재만 남은『목로주점』을 들고 (가장 나중에 읽은 것으로 보아, 꽤 지겨운 내용임이 분명하다) 문간방으로 가져가 첫 페이지를 읽었다. 그리고 두 번째 페이지로 넘어가기 전에 책을 덮었다. 『목로주점』이 왼쪽 가장자리에 놓이며 세계문학 전집은 빈틈없이 완벽한 모습을 띠었다.

한번은 사정을 모르는 어머니가 책장을 다시 정리한 적이 있었다. 나는 거세게 항의했다. 모든 10대가 그렇듯 화가 난 이유는 제대로 설명하지 못했다. 그저 중요한 일이 어긋났다는 사실을 몇 번 강조하며 짜증을 냈다. 그리고 그날 저녁, 버스 회수권을 자르고 있는 누나의 뒤통수에 부탁했다. 책 읽은 순서를 알려달라고.

"왜."

뒤통수의 싸늘한 대답.

"순서에 맞춰서 다시 꽂으려고."

누나는 마치 냉장고를 들여다보듯 중립적인 눈길로 잠시 나를 바라보고는, 뜻밖에 순순히 읽은 순서를 알

려줬다. 그뿐만 아니라, 책장에 와서 정리를 도와주기
까지 했다. 내가 유일하게 기억하는 누나와의 훈훈한 추
억이다.

예수 천국 불신 지옥

버스 안에 수녀님 두 분이 나란히 앉아 계셨다. 여느 수녀님이 그러하듯 연령을 가늠하기 쉽지 않았다. 30대라 하면 그렇게 보였고, 40대라 해도 그렇게 보였다. 왼쪽에 앉은 분은 약간 마른 편에 광대뼈가 높았고, 오른쪽에 앉은 분은 동글동글한 볼에 홍조가 있었다. 하얀색 깃에 반사된 초겨울 햇살이 눈부셨다. 버스가 광화문을 지날 때 '예수 천국 불신 지옥'을 외치는 자가 차창에 비쳤다.

"저런 사람 지옥 가면 좋겠어. 얼마나 믿지 못하길래 저렇게 고함을 지르고 있어."

한 수녀님이 말했다. 다른 수녀님은 미소로 말없이 동의했다. 살면서 쉬이 잊지 못하는 순간이 몇 차례 있다

면, 나에겐 이때가 그중 하나다. 벌써 3년 전 일이지만 버스 특유의 정체된 공기와 낮은 태양 빛이 비추던 당시 풍경이 눈에 선하다. 도심의 빽빽한 소음을 솜씨 좋게 파고든 수녀님 말씀 한마디에 알 수 없는 무언가로부터 보호받는 듯한 포근한 기분이 들었다.

끈적이는 비닐 메뉴판

우리 집은 지상파 3사 방송만 본다. 케이블 채널을 구독하지 않아서 그렇게 됐다. 스카이라이프도, IPTV도 없다. 유료 서비스를 신청해서 채널을 늘리는 선택에 관한 나의 입장은 회의적이다.

비유하자면 이렇다. 평소 반찬 세 개를 놓고 밥을 먹는다고 가정하자. 꽤 만족하지만, 반찬의 다양성이 살짝 아쉽다. 계란찜이나 낙지볶음 같은 별미를 한두 개 갖추면 좋겠다고 생각한다. 그렇게 된다면 더 좋은 식사가 되리라. 하지만 반찬 종류를 100가지로 늘린다면? 압도적인 그릇 숫자만큼 식욕과 만족감이 올라갈까?

어쩌다 한 번 즐기는 백 첩 반상은 눈 호강이겠으나, 매 끼니를 그렇게 먹다가는 식사가 곧 고문이 될 터다.

물론 이는 어디까지나 나에게만 해당하는 괴상한 성향이다. 집집마다 베란다에 위성 안테나 접시를 내건 모습을 보건대, 나만 빼고 다들 수백 개의 케이블 채널이 넘실대는 매체의 향연 속에서 매일 저녁 TV를 끌어안고 파뤼타임을 보내고 있음이 분명하다.

그래서인지 우리 가족은 호텔에 투숙하거나 부모님 댁을 방문할 때면 평소 못 보던 케이블 채널을 게걸스럽게 돌려 본다. 올겨울 가족 여행에서 가장 즐거웠던 활동으로 숙소 소파에 파묻혀서 〈맛있는 녀석들〉이라는 방송을 시청한 일을 꼽을 수 있다. 제주도에 머무는 동안 나와 아내는 아이들이 잠들면, 슬그머니 채널을 돌려 〈맛있는 녀석들〉을 찾아 봤다.

〈맛있는 녀석들〉은 흔히 말하는 '먹방(먹는 방송)'이다. 이번 여행에서 처음 보고 그 단순 명쾌 통쾌함에 감동했다. 유명 희극인 네 명이 어떤 맛집을 찾아가서 한없이 먹어젖힌다. 먹으면서 먹는 얘기를 나눈다. 한 명이 급한 일을 참지 못해 화장실에 간다. 더 먹는다. 그리고 자리를 옮겨 다른 맛집에서 계속 먹는다. 이 얼마나 본능에 충실한 방송인가.

존경스럽다. 음식과 먹는 행위에 오롯이 집중할 뿐, 다른 사항은 개의치 않는다. 200회를 훌쩍 넘긴 거로 봐서는 꽤 알려진 방송인 듯한데, 나만 까맣게 모르고 지냈다. 하긴 세상의 수많은 즐거움 중에 내가 모르고 사는 것이 비단 이것뿐이랴. 나중에 공중파로 옮겨서 방영해주시면 안 될까요. 굽신굽신.

맛집을 소개하는 방송이나 영화, 드라마에 잠깐씩 비치는 식사 장면은 작위적인 느낌이 나기 쉽다. 상황은 부자연스럽고 연기자는 카메라를 의식한다. 아무리 탐스럽게 먹고 화려하게 반응을 보이더라도, 결국 카메라를 끄는 순간 입 싹 닦고 "수고하셨습니다."를 외칠 것 같은 느낌. 심지어 정치인이 썩은 표정으로 방사능 생선을 먹는 장면처럼 대놓고 억지인 경우도 있다.

<맛있는 녀석들> 출연자들은 다르다. 그들은 먹방 장인의 경지에 이르렀다(심지어 김준현은 방송 내 별명이 '김 프로'일 정도). 네 명의 장인에게는 가식이 없다. 일하기 위해 먹는지, 먹기 위해 일하는지 알 수 없을 정도다. 관심사와 직업이 동일하다는 의미인 '덕업일치'의 표본이랄까. 소문에 따르면 그들이 촬영장에서 실제로 해치우는 음식 분량이 방송에 보이는 식사량보다 많다고 한다. 대단하잖아. 먹기에 몰두하는 모습으로 해방감과 풍성함을 선사하는 그들에게 감사한다. 팬심을 담아 배달의 민족 쿠폰이라도 보내드려야겠다.

〈맛있는 녀석들〉 에피소드를 열 편 정도 탐닉하니, 전에 몰랐던 새로운 세상이 보이기 시작했다. 알고 보니 TV는 온통 먹방투성이더라. 식도락을 주제로 하는 방송도 많고, 먹기 쇼를 부록처럼 끼워 넣는 방송은 더 많다.

지역 특산물 먹기, 장인의 솜씨를 엿보며 먹기, 요리사가 만들어주면 먹기, 음식을 연구하며 먹기, 이명박 서민 음식 먹기, 위장의 한계를 시험하며 먹기, 여행 중 먹기, 해외여행 중 먹기, 오지 탐험 중 먹기, 게임하며 먹기 등. 이뿐만 아니다. 아프리카TV, 유튜브에서 자신이 먹는 모습을 보여주는 개인 방송이 수천 개에 이른다. 개인 먹방 채널은 그 수와 종류가 많은 만큼 먹어치우는 식품과 방법도 다양하다. 세상 재밌는 구경이 싸움 구경과 불구경이라고 했는데, 이제 여기에 '먹는 구경'을 추가해야 할 때가 됐다.

먹방 시청의 재미를 알아버렸지만, 막상 맛집을 찾아가진 않는다. 다른 사람이 먹는 모습을 보며 느끼는 즐거움과 내가 직접 먹으며 느끼는 즐거움은 같을 듯싶으면서 다르다. 이 경험의 간극은 어디서 발생하는 걸까? 시청각과 미후각이 다르게 작동하는 탓일까?

맛있는 시청과 맛있는 식사는 별개다. 먹방으로 부푼 기대를 맛집에서 온전히 채우기는 어렵다. 이에 관해 세상 모든 사람이 나처럼 냉소적이진 않겠으나, 두 경험이 서로 일치하지 않는다는 사실은 분명하다. 간혹 유명 프로그램에 소개된 맛집에 가더라도 기대한 만큼 감동한 적은 없었다. 일반적인 기준에서 맛있긴 하다. 하지만 굳이 먼 길 찾아가서 줄 서서 기다릴 정도인가 싶다.

오히려 영상으로 감상할 때는 몰랐던 번거로움이 닥친다. 손님이 많아서 피곤하고, 예상보다 비싼 가격이 기분을 짓누른다. 먹는 행위만 감상하는 방송과 달리, 실제 맛집 현장은 소란스럽기 일쑤다. 놓을 자리 없는 온갖 식기며 일회용 물티슈, 끈적이는 비닐 메뉴판, 뒷사람과 맞닿은 좌석, 부적절한 조명, 차디찬 화장실…. 카메라 시야 밖에 숨었던 온갖 환경이 드러난다.

그곳에 앉은 나의 상태도 문제다. 하루 일정을 견딘 끝에 맛집이고 나발이고 그냥 집에 가고 싶다. 두피에는 미세먼지가 쌓였고, 맞은편에는 예의를 갖춰야 할 동행이 있다. 얘깃거리는 오는 길에 이미 바닥났는데. 침묵하긴 어색하고. 애꿎은 물컵에 손이 가네.

방바닥에 널브러져서 HD 화질로 광택을 낸 음식 이미지에 집중할 때와 비교해 모든 정황이 칙칙하다. 드디어 주문한 요리를 받아 한 입 먹으면, 음… 글쎄, 이건 그냥 복잡미묘한 고기 맛이잖아.

매체는 현실을 왜곡한다. TV나 유튜브는 전후좌우 상황 모두를 보여주지 않는다. 아니, 보여줄 수도 없다. 우리가 방송을 통해 보고 듣는 것이라야 고작 좌우로는 사각형 액자 속 이미지와 핀 마이크에 포착된 소리뿐이고, 앞뒤로는 카메라가 켜진 순간부터 꺼질 때까지 시간으로 제한된다. 그마저도 중간중간 편집이 되고, 자막과 시점 변화로 양념이 뿌려진다. 방송 영상은 없는 사실을 지어내지는 않지만, 현실 숭에서 일부를 취사선택하고 그걸 조각내고 다시 이어 붙이는 방법을 구사하여 매끈하고 향기로운 허위를 지어낸다.

인스타그램과 페이스북을 도배한 음식 사진은 이런 허위 중에서도 가장 기만적인 축에 속한다. 민주적 소통 창구인 SNS 타임라인은 지금 이 순간에도 최첨단 모바일 네트워크 기술을 발휘해서 단짠하고 기름진 음식 사진을 30초 간격으로 꾸역꾸역 밀어내기에 여념이 없다.

맛집 인증샷을 올린 사람들이 어딘가에서 황홀한 음식의 향연을 즐겼고, 그래서 잠시나마 호사를 누렸음을 의심할 이유는 없다. 하지만 그들이 맛집 탐방의 절정, 즉 요리가 테이블에 놓이고 스마트폰 카메라 셔터를 누르는 몇 초의 순간에 이르기 위해 거쳐야 했던 삶의 난관은 전달되지 않는다.

이렇게 전후좌우를 삭제한다는 특징은 방송 영상과 다르지 않다. 하지만 이쪽은 그런 허위의 엑기스를 수백 개씩 모아서 일렬로 줄 세워 보여준다는 면에서 먹방에서는 느낄 수 없었던 소외감을 추가로 선사한다.

인스타그램이 토해내는 각 사진 아래에는 '나의 행복을 인정해줘.'라는 부탁을 에둘러 표현한 글이 적혀있다. 그리고 작성자의 행복을 승인하는 '좋아요' 개수와 '네가 행복하다는 사실을 믿어줄게.'라는 응원의 뜻을 담은 댓글이 달린다. 간혹 성의 없게 ㅋㅋㅋ만 적어놓은 댓글도 있다. 상관없다. 뭐든 흔적만 남겨주면 작성자의 소중한 행복은 힘을 얻는다. 품앗이하듯 서로 행복을 묻고 승인해주는 타임라인의 강물을 물끄러미 바라보노라면, 문득 나를 제외한 세상 모든 이가 매일같이 맛집에서 산해진미를 냠냠 섭취하고 있으리라는 상대적 박탈감에 사로잡힌다.

인스타그램에 자랑할 만큼 멋진 외식은 일주일에 한 번이 고작이다. 거기에 올린 인증샷은 168시간을 힘껏 짜내어 이룩한 영광의 두 시간, 그중에서도 가장 찬란한 순간만을 포착, 선별해서 애지중지 필터 효과를 가미한 진액 중 진액이다. 어느 누가 일 년 열두 달 그렇게 흥청망청 지내겠는가.

하지만 민주적 매체인 SNS에서 개인의 구분은 의미가 없다. 모두의 사진이고 모두의 사건일 뿐이다. 수천 명이 군침 도는 사진을 투척하고, 이는 거대한 타임라인이 된다. 아무 약속 없이 집에서 평범한 반찬과 밥을 먹는 나는 지켜볼 뿐이다. 질투 난다.

언제까지 앉아만 있을쏘냐. 벼르고 별러서 맛집을 찾아 나선다. 나도 인스타그램처럼 신나게 살 테야. 왜냐면 다들 그렇게 사니까. 모처럼 무리해서 맛있는(맛있어 보이는) 요리를 주문하고, 셀카를 찍고, 필터를 적용해서 인스타그램에 올린다. #먹스타그램 #욜로 #취향저격 #존맛탱 #강남맛집. 그렇게 나의 사진은 수천 장의 다른 사진과 함께 타임라인의 강물이 되어 도도히 흐른다. 그럼 너는 그 강물에 질투의 돌멩이를 던지겠지. 그래도 잊지 말고 '좋아요'는 눌러주는 센스.

— 『Around』 매거진, 2018년 3월호에 실림

세련된 모습

어떤 사람이 서툴거나, 한심하거나, 무지하거나, 어
리석어 보여서, 그래서 답답함을 느낀다면, 어쩌면 그
사람은 인식과 태도를 조정하는 과정 중에 있을지도 몰
라. 그러니 조급해하지 말고 기다리는 여유를 발휘하면
언젠가 세련된 모습으로 그 사람이 돌아오지 않을까.

노는 자녀

현관문에 붙은 전단지가 이렇게 말한다.

"방학 때 노는 자녀
수학은 제대로 시킵시다
자녀 명문대 보내고 싶으시면
모든 걸 멈추고
수학만큼은 방학 때
전문가들에게 맡기시죠!"

방학 때 노는 자녀는 느끼고, 말하고, 인식하며 인생
의 기초를 다진다. 그런 잘 노는 자녀를 갑자기 사이비
전문가에게 맡기라고? 어디서 허튼수작이야. 그리고,

전문가 행세를 하고 싶으시면 모든 걸 멈추고 전단지 만큼은 디자인 전문가에게 맡기시죠!

누나의 독일어

한국에서 나고 자라 미국에서 학위를 취득하고 독일
에서 사는 누나는 독일어 억양으로 영어를 구사하고, 한
국어 억양으로 독일어를 구사한다. 듣고 있으면 좀 재
밌다.

어린 조카를 단속할 때, 예를 들어 "장난감 안 사줘."
라든지 "다 먹기 전에는 일어나지 마." 같은 말을 할 때,
화난 표정에 검지를 바짝 치켜들고 독일어로 단호하게
뭐라 뭐라 하는데, 20m 정도 떨어져서 들으면 그 말이
여지없이 한국말로 들린다. EBS 다큐멘터리에 몽골 사
람이 나와서 인터뷰하는 말이 얼핏 한국말인가 싶어 깜
짝 놀랄 때가 있는데, 누나의 독일어가 딱 그 짝이다.

누나가 화나서 내뱉는 말투는 어린 시절 자주 들은 덕

분에 익숙하다. 내가 한심한 말을 꺼내면 누나는 "이지원, 넌 조용히 해."라고 종종 경고하곤 했다. 지금 조카를 타이를 때와 음정, 박자, 리듬, 모든 면에서 완전히 같았다. 가사만 다른 언어로 바꿔치기한 셈이다.

독일어 억양으로 영어를 하고, 한국어 억양으로 독일어를 하게 되기까지 누나는 얼마나 긴 인생의 다리를 건넜나. 누나의 동생인 나는 또 어찌나 아득한 인생의 길을 걸었을까.

사이버 러버

우리는 피시방에서 게임을 하던 중이었다. S는 당시 사귀던 여자아이로부터 연신 걸려오는 전화를 받으며 한편으로는 게임에 신경 쓰느라 바빴다. 몇 번 건성으로 통화하고 끊기를 반복하더니 급기야 날아온 한마디.

"어느 쪽이야? 나랑 게임 중에 선택해."

S는 마우스를 바쁘게 움직이며 일축했다.

"지금은 게임."

그들은 얼마 지나지 않아 헤어졌다.

판단력

유튜브 게임 생방송을 하는 중에 채팅창으로 질문이 올라온다.

"사귀는 사람이 게임을 좋아해서 저도 함께하고 싶은데, 게임 취향이 서로 달라서 힘들어요. 어떻게 하면 좋을까요?"

손으로 게임을 하고 입으로 게임을 설명하며 눈으로 고민 상담을 읽다 보니 측두엽에 과부하가 걸려 버겁지만, 스트리머 특유의 초집중력을 짜내어 질문에 답한다.

"게임이 쌍쌍바도 아니고, 뭘 사이좋게 나눠 먹어. 사랑을 할 건지, 게임을 할 건지, 확실히 하세요."

이해력

게임 친구 중에 기혼자가 여럿 있다. 그래서 게임을 하는 중에 마이크 너머로 배우자의 목소리가 들리는 경우가 간혹 있다.

"야! 또 시작했냐."

"이제 작작 좀 하시지."

"전원 확 뽑아버린다."

차가운 헤드셋 너머로 들리는 그들의 벽력 같은 호통 소리에서 어떤 따뜻하고 뭉클한 기운이 전해진다. 아직 우리를 신경 써주는 사람들이 있구나. 버려지지 않았구나. 그래서 우리는 더욱 힘내어 게임에 몰입하게 되는 것이다.

전투력

온라인 게임에서 알게 된 어떤 커플은 게임상에서 서로 욕하는 수위가 범상치 않다.

"왜 앞에서 까불다가 ×지고 ×랄이야!"

"×친놈아! 너 때문에 궁 날렸잖아."

"처돌았냐? 뒤를 보라고, ×청아."

각기 떨어뜨려 놓고 보면 다른 사람에게는 절대 나쁜 말을 하는 법이 없는 깍듯한 사람들인데, 유독 서로에게만큼은 호환 마마 같은 저주를 퍼붓는다. 그래서 한번은 물어봤다. 현실에서 만날 때도 그렇게 서로 욕하고 싸우냐고.

지체 없이 돌아온 답.

"현실에서는 잘 안 만나요."
그랬구나. 랜선 연인이었구나.

신청곡

노래 하나 듣고 갈게요.
너보가 부릅니다. 〈사이버 러버〉.

그럴 수 있을지도 모른다고

아들과 딸은 아침마다 미세먼지 상황을 묻는다. 대답은 대부분 '나쁨'이다. 그러면 아이들은 밖에서 놀 수 없다. 어쩌다 '좋음'인 날은 시베리아 한파가 몰려온 날. 추워서 나갈 수 없다.

주말마다 오늘의 활동을 궁리하던 중, 21세기 아빠답게 구글 검색을 가동해본다. 검색창에 '주말에 아이'라고 입력하니 '주말에 아이들과 갈만한 곳'이라고 자동완성된다. 동료 부모들이 이뤄낸 성과로 인공지능님은 모두의 마음을 알게 됐다.

인공지능님의 지시로 열람한 블로그는 어디나 비슷하다. 어린이박물관, 민속박물관, 역사박물관, 자연사박물관, 헬로키티박물관, 기차박물관, 곤충박물관, 김치박물관, 쌀박물관, 똥박물관, 코딱지박물관, 박물관박물관박물관이나어*%ㅁ부$&⋯ 세상은 온통 박물관투성이다. 이제 박물관을 주제로 하는 박물관을 지어야 할 태세다.

그래서 우리 가족은 스타필드에 갔다. '별들의 놀이터'라는 이름이 무색하지 않은 초대형 메가 쇼핑몰. 이 정도면 쇼핑몰도 박물관이다. 자본주의를 주제로 한 테마파크. 그곳에는 자본주의의 총아가 아름다운 모습으로 결집해있다.

또한, 달리 말해 놀이공원이기도 하다. 이름하여 '마켓 월드: 상품과 이미지가 가득한 나라. 우리가 꿈꾸던 그곳.' 비꼬자는 말이 아니다. 나는 쇼핑몰에서 자본주의의 냄새와 시장경제의 이미지를 온 감각기관으로 빨아들이며 행복에 젖는다.

예전에 어머니께서 말씀하셨지. 놀기도 힘들다고. 드넓은 화장실 입구에 놓인 거대한 소파에는 소비자들이 널브러져 있었다. 우리 집에는 소파가 없기에, 나는 이런 곳에 오면 반드시 가죽 소파를 체험한다. 눈에는 눈, 이에는 이라는 말처럼, 피부에는 동물 피부가 최고다. 이렇게 보들보들 차듯차듯한 느낌이라니!

화장실을 들락날락하는 사람들을 보며 여기가 내 방이면 좋겠다고 생각하던 중, 문득 황당한 공상이 떠올랐다. 이곳에 진열된 상품들을 단 한 사람이 먹고 마신다면, 얼마나 오래 버틸 수 있을까? 목덜미에 와 닿는 쾌적한 가죽 질감 덕분에 성능이 향상된 나의 전두엽은 순식간에 다음과 같은 구체적 시나리오를 완성한다. 어느 날 인류에게 치명적인 바이러스가 퍼졌는데, 공교롭게 나만 면역이 있어서 살아남고, 공교롭게 그 바이러스 효과로 어떤 음식도 부패하지 않게 됐다. 그런데 공교롭게 스타필드 자동 보안 시스템이 모든 출구를 닫아버려서 나는 여기서 남은 일생을 보내게 된다. 과연 얼마나 오래 살 수 있을까.

스타필드에는 여러 레스토랑, 푸드코트, 그리고 이마트 트레이더스가 있다. 레스토랑의 고급 음식은 제쳐두고 이마트 트레이더스에 진열된 소고기만 봐도 언제 저걸 다 먹을 수 있을까 싶은 양이다. 하물며 더럽게 맛없어서 공짜 시식도 피해 가는 키토산 영양제 따위까지 포함한다면, 음식보다 내 수명이 먼저 바닥날 것이 분명하다.

가죽 소파와 작별하고 이마트 트레이더스로 행진한다. 거대한 카트를 틸틸틸 끌며 모퉁이를 도는 순간 자본주의의 스펙터클이 눈앞에 펼쳐진다. 그 광경은 가히 경외심을 일깨우기에 충분하다. 평생을 먹고 쓰다 죽을 제품이 거대한 벽으로 쌓여 장엄한 협곡을 이룬다. 그리고 협곡의 단층을 빼곡히 채운 색색의 이미지와 글자, 글자, 글자들… 모든 게 뒤섞여 하나의 복잡한 질감을 이룬다. 나는 그 압도적인 광경을 온몸으로 흡수해 덧없는 가능성에 취한다. 팔만 뻗으면 그곳의 모든 물건들을 획득할 수 있으리라는 가능성. 자본주의의 냄새, 시장경제의 이미지.

하지만 그 가능성이 실현되는 일은 없다. 앞으로도 없을 것이다. 이론상 어느 정도는 가능하다. 팔을 최대한 뻗어서, 전 재산을 현금화하고, 은행 대출을 받고, 러시앤캐시의 원조를 받는다면 거기 있는 소고기 전부와 맘에 드는 식품의 협곡 한 개 정도는 나의 소유로 만들 수 있을 것이다. 하지만 내가 그런 짓을 할 리가 없지. 평생 먹어도 다 못 먹는다고.

결국 계산대를 통과하는 식료품 목록은 단출하다. 그러나 무엇을 샀느냐는 중요치 않다. 단순히 물건 사자고 초대형 메가 융복합 쇼핑몰에 온 건 아니니까. 가능성의 이미지는 마치 진정제처럼 마음을 달래는 효과가 있다. 거기에 산처럼 쌓인 제품, 비록 내 것이 아니지만, 그 모습을 목격하는 것만으로 우리 마음은 치유된다. 윤택한 삶을 살 수 있을지도 모른다고. 네스프레소로 커피를 내려 마시고, 코베아 멀티 올인원 BBQ 가스 그릴로 야외에서 고기를 굽고, 삼성 UHD 70인치 TV로 미드를 관람할 수 있을지도 모른다고. 소고기 살치살을 씹고, 오븐 구이 통닭을 뜯고, 오메가3와 마그네슘을 복용할 수 있을지도 모른다고.

지금 어딘가에선 누군가 그런 삶을 살고 있고, 어쩌면 나도 그런 삶을 누릴 수 있을지도 모른다는 인상을 계시받고자 우리 가족은 스타필드에 간다. 이 정도면 '주말에 아이들과 함께 갈만한 장소'로 꽤 괜찮지 않은가.

"세상 전부를 주고 싶은 가족의 행복을 안고 옵니다."

— 스타필드 고양점 홈페이지, 점포 소개 문구에서 발췌
(www.starfield.co.kr)

커피 얼음 개수만큼

권투를 배운 지 6개월이 되어간다. 스스로 대견할 정
도로 꾸준히 잘 다녔다. 체중이 2kg 빠졌으니, 달고 다니
던 2L 생수 통 중에 하나를 떼어낸 셈이다.

반년 동안 운동한 실적과 생수 통 감량을 자축하는 마
음을 담아 코치님들께 드릴 아이스아메리카노를 사 들
고 체육관에 갔다. 뇌물이라면 뇌물이다. 앞으로도 잘
봐주세요.

세 명의 코치님들은 반색했고, 그 보답으로 정확히 커
피 얼음 개수만큼 가혹한 훈련을 퍼부었다. 3라운드에
추가로 1분을 더 뛰었으니…. 이대로 폐가 폭발해서 죽
을 수도 있겠다는 느낌이 왔다.

운동하는 곳에서는 선의의 뇌물이 육체적 고통으로

이어질 수 있음을 깨달은 소중한 하루였다. 다음부터는
절대 커피 따위 대접하지 말아야지.

그렇게 지구를 떠나

"게임기 하나 사면 어떨까?"

아내에게 조심스레 물었다. 검색해보니 플레이스테이션 4® 가격이 많이 내려갔더라, 아직 장바구니에 넣진 않았다, 요모조모 따지면 의외로 실용적이다, 넷플릭스를 볼 수 있으니 가족 모두에게 유용하다, 나는 게임 하나에 몰입하는 편이라 유지비가 많이 들지 않는다, 다시 말하지만 장바구니에 넣지는 않았다.

물끄러미 어항을 들여다보던 아내는 이런 못난 놈을 봤나 싶은 표정으로 한숨에 말을 실어 보냈다.

"열심히 일해서 번 돈이니 사고 싶으면 사."

귀를 의심했다. 허락을 받은 건가? 속으로 환호했지만, 겉으로는 거만한 표정을 짓고 말했다.

"아직 사겠다고 결정하진 않았어. 한번 생각해볼게."

게임에 관한 문제는 안팎으로 갈등이다. 만약 이번에 플레이스테이션 4를 산다면, 지난 20년간 플레이스테이션 기기 시리즈를 다섯 차례 산 열혈 오락쟁이에 등극한다. 어쩌면 SONY®사에서 표창장이 날아올지도 몰라.

특정 상품에 중독되어 신제품을 냉큼 사 모으는 모습은 내가 추구하는 삶의 방식과 거리가 멀다. 그렇지만 유독 게임 관련 소식은 뇌를 거치지 않고 중추 신경계로 직접 흘러 들어오는 탓에 통제 불능인 걸 어쩌나.

비디오 게임은 나의 놀이 성향에 잘 맞는다. 홀로 고민하고 화내고 만족하는, 그러다가 어느 순간 말끔히 삭제하고 결별하는 그런 놀이. 어른으로 살다 보면 곳곳에 도사리는 온갖 책임과 기만, 기대와 분노의 냄새에 질려서 에라 모르겠다, 몽땅 때려치우고 집에 가고 싶은 마음이 들곤 한다. 그런 날엔 게임기를 켜고 감정의 냄새를 세척한 무색무취의 시간에 뇌를 푹 절이고 싶다.

밀폐된 방에 나를 가두고(눈이나 비가 내리는 궂은 날씨면 금상첨화) 오랜 시간을 들여 캐릭터를 키우고, 도시를 건설하고, 아이템을 수집하고, 가끔 발생하는 소소한 난관을 극복한다. 이때 탄산음료와 커피 공급이 끊이지 않도록

주의할 것. 매시간 차곡차곡 성장하는 나의 도시와 캐릭터를 지켜보는 만족감이란.

그 무엇도 책임질 필요가 없다는 사실이 가장 마음에 든다. 게임 세상에서 발생하는 모든 사건은 그 세계 밖으로 이어지는 법이 없다(현피는 제외). 저질러놓은 세상을 저장할지, 삭제할지는 내 맘이다. 감정의 찌꺼기는 게임을 종료하는 순간 말끔히 사라진다. 순백의 디지털 놀이방에는 어떤 구질구질한 인간관계나 개똥보다 쓸모없는 경쟁심 따위가 끼어들 틈이 없다.

게임에서 승부를 가리고 순위를 다투는 일은 취향에 맞지 않는다. 자본주의 사회를 살다 보면 경쟁심 같은 공격적 기질을 발휘해야 할 때가 있다. 그런 상황이 닥치면 없는 밑천을 쥐어짜서 승부사인 척 연기를 해야 한다. 그래서 게임 세상은 진행이 더디고, 시스템이 복잡하고, 갈등이 느슨하면 좋다.

묵직한 게임 하나를 붙잡고 몇 주일 또는 몇 달을 마냥 파묻혀 지낸다. 게으른 두더지가 되어 생계유지를 위해 일하는 시간만 제외하고 진득하게 앉아 게임을 플레이한다. 웬만한 일정은 원천 차단한다. 술도 자제한다 (오락쟁이에게 음주 게임은 금기 사항). 플레이어로 데뷔한 지 어언 25년. 불혹의 오락쟁이는 현실 세계에서 중후한 아저씨 가면을 쓰고, 짐짓 어른 행세를 하며 탈 없이 지내는 중이다.

어린 시절, 부모님은 전자오락에 비상한 관심을 보인 아들을 굳이 단속하지 않으셨다. 다만 공기가 나쁘고 범죄의 기운이 감도는 오락실 출입만큼은 엄하게 제한했는데, 이러한 내부 정책에 힘입어 초등학교 5학년이 되던 해에 집에서 전자오락을 할 수 있는 선진 테크놀로지 환경이 조성됐다. '그렇게 좋다면 맘껏 해봐라.'라는 뜻으로 해석할 수 있었다. 덕분에 원 없이 게임을 했고, 원 플러스 원으로 시력이 나빠졌다.

80년대 당시엔 나의 오락적 욕구를 온전히 충족시켜 줄 게임이 존재하지 않았다. 때리고 부수는 플레이 일색인 8비트 게임기에 환멸을 느끼고 잠시 게임 세계를 떠났다. 중학교 2학년 겨울방학. 아버지는 명문대에 입학한 누나에게 애플 매킨토시라는 컴퓨터를 선물했다. 그것은 무지막지하게 비싼 컴퓨터였다.

그 컴퓨터에는 디스켓이 들어가는 구멍이 뚫려있었다. 모니터와 본체가 한 덩어리인 미끈한 모습이었다. 마우스로 조작하는 최첨단 그래픽 유저 인터페이스가 있었다. 전원을 켜면 '휑' 하는 멋진 소리가 울려 퍼졌다

(는 개뿔 중요하지 않았고). 하드디스크에 심시티®라는 충격적인 게임이 있었다. 도시를 건설하는 게임이라니! 저장하면 다음 날 이어서 할 수 있고, 엔딩 없이 영원히 플레이할 수도 있어. 이건 흡사 썩지도 줄지도 않는 마법의 생크림 케이크잖아.

중학교 2학년 겨울방학에 시작한 심시티의 향연은 6개월이 지나고야 잦아들었다. 게임을 불쏘시개 삼아 시간이라는 연료를 태워먹으며 MCC^{Mind Consuming Competence,} _{정신 소모 능력} 지수를 높였다. 뇌를 자극하는 감각 중에 시간과 재능을 낭비해서 얻을 수 있는 특수한 종류의 만족감이 있다. 멧돼지가 어금니를 갈듯이 쓸머리 없는 행위에 잉여 정신력을 갈아 마모시켜서 정신 건강을 유지하는 것이다. 그래서 사람은 누구나 쓸머리 없는 취미 하나 정도는 있다. 어떤 이에게 그것은 프라모델 조립, 색칠 공부, 개미집 관찰과 같이 평범한 유희이고, 또 다른 사람에게는 지하철 성대모사, 컴퓨터 광택 내기, 포크 구부려서 망가뜨리기와 같은 유별난 행동이기도 하다.

만약 자신에게 이런 소모적 면모가 없다고 생각한다면, 지금 당장 주변을 점검하길 권한다. 출구를 찾지 못해 쌓인 잉여 정신력이 두개골 틈새로 스멀스멀 빠져나가 좋지 않은 방식으로 여러 사람을 괴롭히고 있을지 모른다.

대학에 입학하고 첫 1년은 깨어있는 시간의 40%를 컴퓨터 게임에 탕진했다. 나머지 40%는 농구 코트를 뛰어다녔고, 20%는 먹거나 노래를 부르는 데 썼다. 죽이 맞는 친구 자취방에 틀어박혀서 밤새 게임을 하고, 간신히 음식을 섭취하고, 너구리처럼 웅크리고 잤다.

대학 3학년 때에는 무대를 바꿔 피시방에서 시간을 보냈다. 당시 살던 동네에 널찍한 피시방이 하나 있었다. 그곳은 5천 원 야간 정액권을 끊으면 밤 10시부터 아침 8시까지 게임을 하도록 배려해주는 좋은 장소였다. 담배 연기 자욱한 그 지하 구렁텅이에서 끈적하게 게임을 하다가 새벽 4시 언저리에 앉은 채로 설핏 잠이 든다. 화들짝 잠이 깨서 지상으로 나오면 수많은 학생과 회사원이 걸음을 재촉하는 광경을 볼 수 있었다. 모르는 새 떠오른 태양은 낯설고, 새벽의 냉기를 머금은 사람들은 스킨 에센스 입자를 흩날렸다. 그 순간에만 느낄 수 있는 생경한 감각이 좋았다. 바나나우유를 빨며 아침 인간들을 관찰하다가 집에 돌아오면 곧장 정신을 잃고 바다표범처럼 널브러져 잠들었다.

바쁜 대학원 시절, 어느 주말 스케줄을 통째로 비우고 창문 블라인드를 내린 채 미리 준비한 참치 캔과 스프라이트 캔을 까먹으며 내리 이틀 동안 월드 오브 워크래프트®라는 게임에 영혼을 내던진 적이 있었다. 그곳에서 어설픈 괴물을 처치하고, 광물을 채집하고, 파이어볼을 발사하고, 게임 친구와 시시한 농담을 주고받으며 미친 염소처럼 뛰어다녔다.

그렇게 지구를 떠나 아제로스 대륙에서 여정을 수행한 지 어언 48시간, 생존 확인차 방문을 두드린 하우스메이트는 책상을 가득 메운 깡통 더미, 면도하지 않은 수염, 초점을 잃은 눈을 목격한다. 그는 병원 응급실에 전화하려 들었다. 간신히 말려서 구급차 출동은 막았지만, "그렇게 살다간 곧 죽는다."라는 잔소리를 흘려들으며 그 녀석이 끓인 즉석 캔 수프를 억지로 먹어야 했다. 좋은 친구였지만 수프 맛은 최악이었다.

간혹 극한으로 치닫는 때가 있더라도, 대개는 온건한 취미 정도에 그친다. 저녁에 한 게임, 주말에 한 게임 이런 느낌이랄까. 24시간 7일 게임에 매달렸다면 무슨 프로게이머나 인기 유튜버 같은 사람이 되어 파격적 삶을 살았겠으나, 나처럼 집적대기만 해서야 애초에 글러먹었다. 뭐든지 프로가 될 정도로 수준을 갖추기란 만만치 않다. 쉼 없이 훈련하고 공부할 마음이 동하지 않는데 어딜 대단히 오르겠나. 그래서 여흥 이상이 아니다. 그것은 일이 바쁘거나 다른 취미에 꽂혔을 때 언제 그랬냐는 듯 태연히 내던질 수 있는 편리한 거점이다.

삶은 지루함과의 싸움이다. 매일 바쁜 일상에 시달리는 듯하지만, 한편으로는 신선하고 화려한 사건이 '빵' 터지진 않나 내심 기대한다. 그리고 그 기대는 늘 외면당한다. 보통 사람의 생활은 영화나 드라마 주인공의 그것처럼 극적이지 않다. 만약 그랬다면 일찌감치 심장마비로 돌연사했으리라. 통쾌한 경험이 가끔 있다 해도, 인생 전체로 보면 99% 시간은 평범한 일상으로 채워진다.

평범한 일상은 소중하다. 그것은 실체를 이루고 사유를 가능케 한다. 나라는 인간은 일상의 무던한 힘으로 조금씩 미끄러져 어디론가 나아간다. 하지만 두꺼운 회색 구름처럼 막막한, 뜨겁지도 차갑지도 않은, 그 일상 속에 푹 담긴 중에도 마음 한구석은 마지막까지 오지 않을 어떤 극적인 순간을 동경한다. 그런 갈 곳 없는 기다림이 쌓여 잉여 정신력이 자라나면 나는 또 부스럭대며 일어나 그것을 마모시킬 강력한 게임을 찾는다.

70대 아버지가 40대 아들에게 묻는다.

"넌 나이가 마흔인데, 아직도 게임하냐?"

아들이 대답한다.

"네. 요즘도 열심히 해요."

나는 혼자가 아니다. 요즘에는 인터넷에서 활동하는 중년 오락쟁이가 심심찮게 눈에 띈다. 몇십 년 뒤에는 나와 그들을 위해 노인 요양병원 로비에 고성능 컴퓨터와 오버워치®를 설치해주면 좋겠다.

─『Around』 매거진, 2017년 12월호에 실림

울림과 울림 사이 나지막한 설렘

90년대에는 자신의 섬세함을 모르는 아이들이 도처에 널려있었다. 무난함을 가장한 겉모습과 달리, 다들 속마음은 와인 잔처럼 가녀렸다. 그 시절 어른도, 어린이도 아닌 10대들은 위로받을 곳 없이 위태로웠다.

개중에는 첨예한 모습을 드러낸 나머지 '문제아'로 낙인찍히고 영영 평판을 회복하지 못하는 경우도 있었지만, 대다수 아이들, 그러니까 내가 속했던 무난한 축은 질풍노도를 일으키는 대신 자신을 지우는 길을 택했다. 나와 친구들은 여간해선 마음을 표현하는 일이 없었다. 알 수 없는 복잡미묘한 감정이 북받치면 길거리에서 파는 떡볶이를 사 먹거나 해롭지 않은 욕 몇 마디를 내뱉고 음료 캔을 납작하게 짓밟았다.

또는, 서로에게 편지를 썼다. 그 아이는 학교에서 전교 순위를 다투는 우등생이었으며, 또래 중 유난히 생각이 깊었다. 그 시절 교실에서는 대체로 공부 잘하는 아이가 인기를 끌었다. 타고난 인상이 선한 데다가 말하는 투가 능청스럽게 웃긴 구석이 있어서 그랬는지, 그의 주변엔 친구가 들끓었다.

나도 주변을 맴돌던 친구 중 하나였다. 토성의 고리에 겹이 있듯이 그 아이를 둘러싼 군집은 친밀함의 층위로 구분이 되었다. 누가 딱 꼬집어 구분해주진 않았지만 나는 궤도의 중간쯤에 위치했다고 스스로 규정했다. 중간도 나쁘지 않았다. 또래와 비교해 성숙한 그 아이는 여러 사람의 기분을 배려할 줄 알았기에 우정의 햇살은 나에게까지 충분히 도달했다.

불현듯 사랑에 빠진 그 아이는 두 학기 정도 고뇌에 휩싸여 지냈다. 모든 첫사랑은 괴롭기 마련인데 더욱이 그것이 짝사랑이니 오죽했을까. 본인은 힘들었겠지만 절망스러운 모습을 겉으로 내비치진 않았다. 그는 첫 짝사랑 중에도 시종일관 유쾌한 모습을 유지하며 좌중을 이끌었다. 지금 생각하면 어떻게 그럴 수 있었는지 신기할 정도다. 다소 늦된 나에겐 그 아이를 통해 보는, 괴롭지만 행복한 역설적 감정이 뜨겁게 멋졌다.

그 무렵 그 아이로부터 편지가 왔다. 편지가 우편함에 꽂혀있었다. 봉투에 적힌 그의 이름에는 의심이 끼어들 틈이 없었다. 내용은 기억나지 않는다. 달리 말해, 기억할 만한 내용이 없었다. 특정 심경 또는 사건을 서술하는 편지가 아니었다. 이제 막 감성에 눈뜨기 시작한 조숙한 청소년이 일기장에 쓸만한, 그런 애절한 동시에 공허한 글 조각이었던 것 같다. 내용보다는 오히려 상투적인 그림이 인쇄된 바른손팬시 편지지, 그리고 잦은 노트 필기가 낳은 모범적인 글씨체가 깊은 인상으로 남았다.

그 편지를 왜 내가 받아야 했는지는 알지 못했다. 그래도 너무나 기쁘고 고마운 나머지 뭐라도 하고 싶었다. 뭘 해야 할지도 알고 있었다. 곧장 답장을 쓰기 시작했다. 서툰 표현력으로 없는 어휘를 짜내어 쓰나 마나 한 글을 적었다. 공부 열심히 하자. 우정 변하지 말자. 뭐, 이런 내용이었을 것이다.

기억나지 않지만, 까칠한 누나에게 구걸해서 편지지와 우표를 획득했을 것이고, 서툴게 접어서 봉투에 넣었을 것이고, 물풀을 발라서 밀봉했을 것이다. 기억나지 않지만, 그때 나란 인간은 하품 나게 뻔한 인간이었기에 틀림없이 유추할 수 있다.

우체통에 편지를 넣고 집에 돌아와 잠들기까지 내내

그 편지가 지금 어디에 있을지 생각했다. 아직 우체통에 있을까? 아니면 우체국 트럭에 있을까? 그때만 해도 우편배달이 정확하지 않던 터라, 편지가 도착하는 데 이틀이 걸릴지, 일주일이 걸릴지 알 수 없는 노릇이었다. 다음 날에도 편지가 빨리 도착하길 바라는 마음에 애간장을 태우며 조급한 시간을 보냈다.

흥미로운 점은 학교에서 그 아이를 만났다는 사실이다. 당연히 만났다. 같은 반이니까. 심지어 쉬는 시간, 점심시간에 어울려 놀았다. 하지만 암묵적으로 우리는 편지에 관해 언급하지 않았다. 그것이 적절하다고 직감했다. 세상에는 누가 알려주지 않아도 자연스럽게 알게 되는 것이 있다.

열흘쯤 지났을까. 답신이 왔다. 그 시절 편지란 잊을 만한 때를 골라 기가 막힌 타이밍에 배달되곤 했다. 또다시 설레는 마음으로 답장을 썼고, 그렇게 수개월 동안 너덧 번 편지가 오갔다. 집배원은 그딴 쓰잘머리 없는 우편물을 배달하느라 몇 차례 발품을 팔았다. 국가 세금이 이상한 용도에 낭비된 사례로 대한민국 우정사업 역사에 손꼽을 만한 일이겠으나, 나의 개인 역사에는 가뭄 속 단비 같은 사건으로 남았다. 만약 그 몇 장의 편지가 없었다면 내 인격은 지금과 많이 다른 모습으로 성장했으리라.

사람은 몸이 필요로 하는 영양분을 본능적으로 알아채고 식욕을 느낀다. 그 아이와 나는 정신적 허기를 채우려고 서로에게 편지를 보내지 않았을까. 누가 시키지 않아도, 누가 알려주지 않아도, 우리는 기어코 감춰진 통로를 찾아 나를 표현하고 남을 받아들이는 일을 했다. 언제 겪어도 겪어야 할 통과의례다.

> "한 편의 시가 있는 전시회장도 가고
> 밤새도록 그리움에 편질 쓰고파"
>
> — 마로니에, 〈칵테일 사랑〉, 김선민 작사

대학에 입학할 무렵, 너도나도 '삐삐'라는 물건을 하나씩 들고 다녔다. 정식 명칭은 '무선 호출기', 영어로는 무려 'pager'라는 고급진 이름인데, 그렇게 부르는 사람은 단 한 명도 없었다. 이름이야 아무려면 어때. 아무튼 우리는 서로에게 미친 듯이 삐삐를 쳐댔다.

호출한다고 항상 전화가 걸려오진 않는다. 요즘 말로 '씹혔다'고 할 수 있겠다. 그러면 '음성 사서함'에 하고 싶은 말을 녹음한다.

사실 삐삐의 가장 핵심적인 기능은 호출이 아니라, 바

로 이 음성사서함이라고 본다. 수화기 앞에서 두근두근 긴장하며 녹음한 목소리는 꽤 귀엽지 않았던가. 미지의 상대가 보낸 음성 메시지는 그 자체로 깜짝선물이다. 공중전화로 달려가서 전화카드 넣고 언박싱. 인기 없는 나는 메시지를 받는 일이 드물어서, 늘 비어있는 음성사서함을 확인 또 확인하곤 했다. 슬픈 기억이다.

학과 동기를 만나 하릴없이 대학로에 진출하는 날, 우리의 발길은 자연스레 어느 카페로 향한다. 얄팍한 인테리어로 꾸민 장소에 갈 곳 없는 청춘을 수용하고 자릿세를 받는 세속적인 카페다. 당시 대학로에는 이런 카페가 전봇대보다 많았다.

주문한 커피에서는 고무 태운 냄새가 난다. 커피 따위 아무려면 어때. 테이블마다 한 대씩 설치된 전화기를 사용하고 싶었을 뿐. 수화기를 들고 타타탓탓 능숙하게 버튼을 눌러 여남은 명에게 삐삐를 돌린 뒤, 멍하니 공기를 쳐다본다. 무료한 시간이 한참 흐를 무렵 딸릴릴리 요란한 전화벨이 울린다.

"어. 뭐 해… ○○랑 같이 있어… 그냥 있어… 빨리 와."

그렇게 또 하나의 무위도식 청춘이 합류한다. 그 친구가 아는 친구들에게 삐삐를 친다. 몇 명에게서 답이 오고, 또 새로운 멤버가 합류한다.

누구나 스마트폰을 사용하는 요즘 같으면 10분이 채 안 걸릴 일이 그때는 카페에서 한참 지지고 볶아야 하는 작업이었다. 그래서 불편했느냐 묻는다면, 딱히 그렇지는 않았다. 말했다시피 할 일이 없었다. 더럽게 맛없는 커피를 홀짝이며 전화벨을 기다리고, 음성사서함을 확인하고, 공기를 구경하고, 시시껄렁한 농담 한마디 내뱉고, 이런 행위가 그 자체로 놀이였다.

콧날이 반듯한 어떤 여자아이에게 반해 삐삐를 부여잡고 살던 시절이 있었다. 친구가 불러서 레몬소주를 마시러 나간 자리에서 그녀를 처음 만났다. 그해 겨우내 그녀와 친해지려고 꽤나 열을 올렸다. 지금 생각하면 '썸'을 탔다고 볼 수 있다. 유감스럽게도 그때는 '썸'이라는 말이 없어서 그 관계의 성격을 규정할 수 없었다.

그녀는 예쁘장한 외모에 깔깔깔 큰 소리로 웃을 줄 알아서인지 항상 주변의 관심을 받았다. 여기저기 부르는 곳이 많아 삐삐가 어지간히 자주 울림에도 내 연락 한 번을 무시하는 법이 없었다. 당시 나를 향한 여자아이들의 일반적인 반응은 대체로 시큰둥하기 일쑤였는데, 그 애만큼은 꼬박꼬박 답해주고 가끔 음성사서함에 상냥한 녹음을 남겨주기도 했다. 지금 생각하면 사실 '어장 관리'를 당했다고 볼 수 있다. 하지만 그때는 '어장 관리'라는 말이 없어서 그런 취급을 당하고 있는 줄 알아채지 못했다. 이래서 이론과 용어는 꽤 유용하다고 하는 것이다.

그 짧은 몇 달 동안 내 삐삐는 존재감이 강했다. 호출음도 어쩐지 유달랐다. 그 소리에는 뭐랄까, 진취적이고 긍정적인 기세가 실려있었다. 진동은 더 심했다. 옆구리를 타고 전해지는 울림에 호흡이 가쁠 정도였으니. 차라리 전율에 가까웠다. 이미 말했다시피, 내게 오는 연락은 많지 않았으므로 일단 뭔가 울렸다 하면 그 아이가 보내준 답장일 확률이 높았다.

삐삐라는 게 워낙 그래서, 수 시간 간격으로 벌어지는 실랑이를 몇 차례 거친 후에야 가까스로 그녀의 목소리를 들을 수 있었다. 그에 따라 내 생활은 울림과 울림 사이 나지막한 설렘으로 채워졌다. 그래서 더욱 오랫동안 정성을 들여 삐삐에 열중할 수 있었다.

90년대 어느 수개월 동안 펼쳐졌을 어장 관리 에피소드와 그에 따른 구체적인 심경 변화는 이제 하나도 기억나지 않는다. 그냥 혼자 오두방정을 떨며 흥행 참패 드라마 한 편을 찍은 듯하다. 그녀는 대체로 초연한 태도를 유지했고, 내 입장에서 뭔가 잘된 일은 없었다. 이런 뻔한 결말.

그래도, 별것 아니지만, 그때 생각나는 장면이 하나 있다. 새벽 시간, 자면서도 손에서 놓지 않았던 삐삐 진동에 잠을 깼다. 하숙집 방에 전화가 없던 터라, 나는 슬리퍼를 파닥거리며 가까운 공중전화로 달려갔다. 입김이 고운 가루가 되어 날릴 것 같던 그 추운 새벽에 울린 호출이 과연 술 취한 그녀로부터 온 신호였는지 기억나지 않는다. 기억할 수 있다면 좋을 텐데.

나만 동선동 어느 골목, 얼어붙은 공중전화 부스 위로 가로등 하나가 켜져있던 그 장면은 어쩐지 쨍하니 눈에 박혀서 지금껏 잊히지 않는다. 사람의 기억이란 참 이상하다. 막상 나를 시련의 겨울로 데려다준 그녀의 이름은 한 글자도 떠오르지 않으니.

"일부러 피하는 거니 삐삐 쳐도 아무 소식 없는 너
싫으면 그냥 싫다고 솔직하게 말해봐"

— 클, 〈애상〉, 이승호 작사

사람들은 가용한 통로를 통해 서로에게 말을 건넨다. 먼 옛날에는 직접 만나서 얘기를 나누거나, 그럴 수 없다면 집 전화번호를 눌러야 했다. 전화를 받지 않으면? 할 수 없지. 기다렸다가 나중에 다시 걸어보는 수밖에.

지난 몇 년 사이 다들 난리를 치면서 뭔가 유행하나 싶더니 상황이 급변했다. 지금은 수십 가지 입력창이 초롱초롱 커서를 깜박이며 뭐든 써서 보내라는 무언의 압박을 보낸다. 심지어, 시리와 지니는 뭔가 시시한 말이라도 뱉어보라며 대기 중이다. 쪽지, 공지, 톡, 문자, DM, 게시판, 댓글, 좋아요, 해시태그, 공유, 업로드, 실시간 방송하기…. 수많은 통로의 끝자락이 우리 앞에 놓였다.

그 복잡한 정도가 비행기 계기판 뺨치는데, 이제 스마트폰에 보다 장엄한 별명을 지어줘도 좋을 것 같다. '메타융합소통컨트롤시커스톤' 정도면 적당하지 않을까. 이렇게 수많은 입력창을 한 손에 쥐고 살아가게 될 줄 90년대엔 누가 상상이나 했으랴.

인간의 적응력은 참으로 대단해서, 요즘엔 거의 모든 이들이 이토록 복잡한 계기판을 능수능란하게 다루며 일상을 유지한다. 통화를 하는 도중 문자메시지를 보내고, 댓글을 다는 와중에 멘션하고 해시태그를 붙인다. 이런 종류의 정보는 이런 게시판에, 저런 종류의 요청은 저런 톡으로, 이미지 관리는 여기에, 응원은 저기에, 혐오는 저어어쪽 안 보이는 곳에….

가끔 실수를 하는 적도 있지만, 대부분 능숙하게 안면을 바꿔가며 여러 통로를 활용해 서로 다른 대상에게 말을 건넨다. 다시 생각하니 '안면을 바꾼다.'라는 표현은 적절하지 않다. SNS 댓글을 쓸 때와 메일을 보낼 때 다른 점은 단지 어투만이 아니다. 각각에 담는 내용과 정황이 송두리째 다르다(심지어 정반대일 때도 있다).

그중에서 어떤 매체를 활용할 때 그 사람의 원조 본심이 나타나는지 따지는 시도는 의미가 없다. 소통의 통로가 소통의 태도를 결정하고, 나아가 그 사람이 누구냐를 규정한다. 활용하는 통로가 다양하면 다양할수록 한 사람의 삶은 더욱 다중적인 면모를 보인다.

어렸을 때 친구와 편지를 나눈 지 20년이 넘는 시간이 흘렀다. 지금의 나는 그때와 비교할 수 없을 만큼 잦은 빈도로 타인과 소통한다. 미친 듯이 쏟아지는 메일과 문자메시지, 트윗, 인스타 등등. 하지만 단톡방에 수천 개의 톡이 쏟아진다 한들, 그 소통의 밀도는 20여 년 전 친구와 나눈 단 몇 장의 편지에 비할 바가 아니다.

그 아이의 편지 친구로 내가 지목된 이유는 영원히 알 수 없다. 알게 된 것은 그런 종류의 감정 분출에 편지라는 수단이 더할 나위 없이 적절했다는 사실이다. 메일로 그때 그 시절과 같은 정신의 교류를 할 수 있을까? 기능적으로는 비슷하게 구현할 수 있겠다. 배경 화면을 설정하고 감성적인 폰트를 지정할 수도 있다. 발신일을 일주일 뒤로 예약할 수 있다. 하지만 그럴 리 없다. 메일은 그런 걸 하는 매체가 아니다.

진보를 믿는 사업가는 새로운 기술이 우리의 삶을 발전시킨다고 쉽게 말한다. 하지만 그들의 말처럼 우리는 더 나은 세상으로 나아가는 중일까? 기다림에 몸부림치며 며칠을 버틴 보상으로 받는 누군가의 필적, 우체통을 향한 발걸음, 설레는 음성사서함. 이런 보석 같은 경험은 영원히 사라졌는데.

팬케이크 반죽을 부으며

딸은 팬케이크 요리를 즐긴다. 팬케이크를 좋아하진
않는다. 단지 팬케이크 반죽을 만들어 굽는 행위를 재밌
어한다. 계란과 우유를 넣고 거품기로 미친 듯이 탁탁탁
섞는다. 거품이 충분히 올라오면 마트에서 산 팬케이크
믹스를 대충 소복하게 붓고 젓는다. 그녀는 특히 이 반죽
을 젓는 단계를 즐긴다. 꾸덕꾸덕하게 점성이 강해져 팔
근육에 기분 좋은 저항감이 오면 딸이 말한다.

"느낌이 왔어."

이 걸쭉한 반죽을 프라이팬에 기분대로 나눠 붓고 갈
색빛이 날 때까지 기다렸다가 뒤집어 익히면 완성.

코팅이 닳아빠진 낡은 프라이팬을 쓰다 보니 구울 때
마다 여지없이 눌어붙어서 모양이 망가진다. 찢긴 팬케

이크가 양산될 때마다 딸이 말한다.

"이건 아빠가 먹어."

젓기와 굽기 단계가 끝나면 딸은 도도하게 자신의 방으로 사라진다. 팬케이크는 내가 다 먹는다. 찢어진 것도, 온전한 것도 다 내 차지다.

아내가 새 프라이팬을 사줬다. 꽤 비싼 제품이다. 소중히 사용하자. 알다시피 코팅은 프라이팬의 생명이다. 코팅 덕분에 팬케이크가 눌어붙지 않는다. 굽기를 마치고 팬을 기울이면 잘 익은 팬케이크가 접시로 샤라락 옮겨진다. 식기 전에 키친타월로 한 번만 훔치면 깔끔하게 닦인다. 행복하다.

어쩌다 프라이팬에 금속 재질 식기를 갖다 댔다가 긁히기라도 하면 여간 속상하지 않다. 그래서인지 부드러운 실리콘 재질의 요리 도구도 많이 나오는데, 뭐가 됐든 상처로부터 온전히 보호할 수는 없다. 아무튼 그놈의 코팅은 미친 듯이 민감해서 아주 작은 접촉에도 미세한 상처가 나버리니까.

안경알 코팅도 민감하긴 마찬가지다. 다행히 안경은 사물을 직접 접촉하는 용도가 아닌 덕분에 평상시 상처가 날 가능성이 적은 편이다. 그래도 대충 어디에 던져놓거나 거친 천으로 박박 문질러 닦는 일을 반복하면 자잘한 흠집이 무수히 생긴다. 안경알 흠집은 웬만큼 심한 지경에 이르기 전까지는 눈에 띄지 않는다. 그래서 방심하기 쉽다.

어느 날 불현듯 공기가 왜 이리 희뿌옇지, 누가 연기 같은 걸 피우나 하며 무심코 안경을 벗어보니 공기는 더없이 청명했다. 제길, 안경에 뭐가 묻었나. 툴툴거리며 셔츠 자락으로 아무리 닦아도 불투명함이 가시지 않았다. 이미 보이지 않는 잔흠집이 너무 많이 생긴 탓이다. 이 정도면 돌이킬 수 없다. 새 안경을 맞출 때다.

프라이팬이나 안경은 새로 구입할 수나 있지. 사람은 교체할 수도 없다. 사람의 마음에는 얇은 코팅이 입혀져 있다. 그 코팅은 프라이팬이나 안경알의 그것처럼, 혹은 그 이상으로 민감해서 여차하면 자잘한 흠집이 나기 일쑤다. 하지만 눈에 보이지 않는 심리적 코팅은 상처 나고 벗겨져도 알아볼 방법이 없다. 사람들은 매일같이 무심하게 서로의 코팅에 상처 입히는 짓을 반복한다.

마음의 코팅에 상처가 너무 많이 나서 임계점에 이르면, 타인의 사소한 언행이 눌어붙어서 감정의 자국을 남긴다. 친해서 자주 만나는 사이일수록, 함께 생활하는 가족일수록 이 자국은 더 많이 쌓이고 쌓인다. 누구나 서로의 상처를 안다. 아는데 여전히 서로 상처 주기를 멈추지 않는다. 인간은 기어코 자신의 문제를 타인에게 투사하고야 마는 것이다.

아내가 사준 프라이팬에 팬케이크 반죽을 부으며 이번에는 절대 상처를 내지 않고 뒤집으리라 다짐에 다짐을 거듭한다. 그 비장함이 척추 수술을 시작하는 외과의사 못지않다. 아무리 조심해도 언젠가는 실수로 살짝 긁어버리고 말겠지만, 그날이 오늘은 아니다. 오늘은 작은 흠집 하나도 용납하지 않으리.

2장

디자이너의 마음

그 맛대가리 없는 진로 체험

　　미지의 학생에게서 인터뷰 요청 메일을 받았다. 주제
는 '디자인 분야 진로 탐색'. 종종 받는 요청인 터라 별다
른 감흥이 없었다. 디자인 분야에 어떤 진로가 있는지 떠
오르지 않았으나 딱히 거절할 이유가 없었고, 마침 다른
약속도 없고 해서 그러자고 회신했다.

　　고등학교에서 시행하는 비교과(?) 프로그램이라고
알고 있다. 학생 서넛이 그룹을 지어 관심 분야의 전문
가(?)를 섭외한다. 전문가가 있는 현장(?)을 찾아가 인
터뷰한다. 외근(?)으로 인정받아 학교에 가지 않는다.
담당 교사에게 보고서(?)를 제출하면 퀘스트 완료.

　　많은 고등학교에서 이런 프로그램을 운영하는 덕분
에 수많은 학생 그룹이 전국 각지 '전문가'에게 섭외 요

청을 보낸다. 나 같은 비주류 학과 비정상 교수가 한 해에 대여섯 차례 요청을 받을 정도니, 전국적으로 얼마나 많은 섭외가 이뤄지고 있을지 짐작이 간다.

학생 입장에서는 고작 한 시간만 투자하면 남은 23시간 동안 모처럼 여가를 누릴 수 있는 근사한 프로그램이고, 전문가로 지목당한 사람 입장에서는 무려 한 시간이나 모범적인 설교를 늘어놓아야 하는 밋밋한 초과 근무다. 그런 연유인지 전문가들은 학생들의 인터뷰 요청을 거절하기 일쑤라고 한다.

교복을 입은 학생 세 명이 문을 열고 들어온다. 초면에 불거지는 불가피한 산만함이 온 방에 가득하다. 대한민국 청소년답게 예의가 깍듯하다. 그리고 세계 모든 청소년이 그러하듯 다짜고짜 용건을 꺼낸다. 나는 그 다급한 서두를 거두어 탁자에 살포시 내려놓고는 의자를 천천히 빼며 권한다.

"여기 앉으세요."

두리번대는 그들을 방치한 채 차를 준비하러 간다. 충분히 시간을 들여 거름망에 찻잎을 담는다. 쿠르르 물 끓는 소리에 날뛰던 산만함이 조금 가라앉았다. 찻잔을 올리고 짐짓 스마트폰을 확인하는 척하며 20초를 보낸다.

학생들도 새로운 공간에 어느 정도 익숙해진 눈치다.

"세 분 성함이 어떻게 되죠?"

아홉 글자 이름을 정성껏 적고, 그 옆에 내 이름을 쓴다. 듣기에 평범한 이름도 글자로 형상화하면 유난히 낯설다. 내 소개를 한다. 이미 알고 찾아온 손님이지만 시침 뚝 떼고 말한다. 손흥민 선수도 자기소개 정도는 한다. 톰 크루즈도 한다. 헬로우 아임 톰 크루즈. 그만큼 첫 만남에서 절차와 형식은 소중하다. 대표로 보이는 학생이 다시 용건을 꺼내려 하기에 한 번 더 거두어 돌려보낸다. 아직 멀었다. 들뜬 공기가 완전히 가라앉기 전에 본론에 들어가는 일은 없다.

사람 대하기를 반복적으로 하는 직업에 종사하다 보니 자연스레 대화의 습관이 몸에 붙었다. 대단한 요령은 아니다. 느슨한 태도를 유지하고 시시각각 달라지는 정황을 살펴 적절한 화제를 탐색하는 정도다. 카레이서가 반사적으로 수동 기어를 조작하는 일과 같다.

이 모임의 목표는 진로 탐색이다. 하지만 오해하면 곤란하다. 여기서 말하는 '진로'는 직업 선택 전체가 아닌 대학 전공 선택에 초점이 맞춰져 있다. 물론 대화가 순조롭다면 졸업 후 취업 단계까지 언급할 수 있겠으나, 그마저도 어디까지나 전공을 평가하는 기준으로서 다룰 화제에 불과하다. 대학 이후 펼쳐질 자신의 인생을 막연하게나마 상상하는 사람은 학생 본인뿐이다. 학생의 판단을 대리하는 주변인 무리는 오직 학생이 어느 대학에 입학할지에만 초미의 관심을 보이는 중이니, 그 매듭만 잘 건드려도 대성공이다.

직업 선택을 위한 전공 선택. 이 정도로 화제를 한정하자고 마음을 다잡는다. 이렇게 미리 경계선을 정하지 않았다가는 수능을 앞둔 학생들에게 자칫 '행복한 삶'이라든지 '디자인의 의미', '직업윤리'와 같은 딴 세상 설교를 늘어놓게 될 수도 있다.

불행히도 나는 대학입시에 관해 조언하기에 가장 부적절한 인물이다. 대학교수는 입시 비리에 연루할 가능성에 놓인 직업이다. 물론 입시 제도에 관한 일반적인 견해를 밝히는 정도로 비리가 발생할 리는 없으나, 개인적인 대화에서는 그 화제를 다루지 않는 편이 안전하다. 풀밭에 가지 않으면 뱀에게 물릴 일도 없다.

도의적 족쇄를 떠나, 나는 요즘 대한민국의 대학입시 제도, 나아가 정부의 전반적인 교육정책을 냉소적 태도로 바라보는 중이다. 2020년 한국의 청소년 교육은 대학입시를 중간에 놓고 앞뒤가 꼬여 있다. 대학에 들어가기 위해 막대한 피해를 입고, 대학에 들어와서는 그 피해가 가져온 후유증으로 고생한다. 입시를 겪는 모든 학생이 그렇다.

이를 조금이라도 개선하고자 정부 관료가 달라붙어 고민하지만, 상황은 나아질 기미가 보이지 않는다. 당연하지. 입시에 얽힌 온갖 폭탄 같은 문제의 원인은 제도에 있지 않다. 아무리 제도를 뒤집고 엎어봐도 사람들은 다시 바뀐 룰에 따라 경쟁할 것이고, 이 경쟁은 돈과 그 돈으로 획득할 수 있는 요령의 싸움으로 귀결한다.

유일한 해결책은 입시생과 학부모들이 대학을 상대로 한 밀당에서 승리하는 구도인데, 그게 가능할까? 대학에 반드시 가야 한다는 집단적 맹신, 그리고 전 세계 모든 대학교가 1위부터 1000위까지 순위가 정해져 있다는 요망한 허풍이 사라지지 않는 한 폭탄처럼 부푼 입시 문제는 파국을 맞을 수밖에 없는 운명이다.

입시를 앞둔 학생이 묻는다.

"시각디자인학과에 입학하려면 무엇을 중점적으로 공부해야 하나요?"

내가 대답한다.

"입시는 공부가 아닙니다. 학원에서 알려주는 방법을 성실히 따르세요. 그분들이 가장 잘 알고 있습니다."

입시 화제가 가로막히니 대화에는 빈껍데기 같은 투

명한 얘깃거리만 남는다. 첫 만남의 흥분이 증발했는지 어느새 세 학생은 표정이 편안하다. 우리는 약 30여 분 동안 다소 기계적인 대화를 나눴다. 의미 없는 질문이라도 대화엔 지장이 없다. 교수는 초간단 질문에 길고 복잡하게 답변할 줄 아는 사람이다.

산업 세계 이야기, 구인 구직 이야기, 분야의 전망이라든지, 연봉 같은, 그들에게는 다소 먼 미래이며 모두에게는 싱딩히 불분명한 이야기. 뭐, 이런 밋밋하고 색깔 없는 어른의 사정을 늘어놓다 보니, 이들이 나를 늙은 꼰대로 보겠거니 싶어 꾸역꾸역 대답을 이어가면서도 '이제 그만 말해야지.' 하는 생각만 머리에 가득하다.

설교가 소강기에 접어들었다. 그 증거로 아까부터 왼쪽에 앉은 학생은 하품을 하고, 가운데 학생은 애꿎은 과자 포장지를 접고 있다. 내 설교를 유심히 듣던 오른쪽 학생은 조금 전만 해도 환하게 웃고 있었는데, 지금은 불길한 어둠의 그림자가 얼굴을 감쌌다.

대화가 끊어진 틈에 눈을 둘 곳이 없어 종이에 적은 세 학생의 이름 글자를 들여다본다. 아뿔싸, 표정이 어두워진 학생이 마음속 고민을 내놓는데, 간신히 기어 나온 그 사연이 낯설지 않다.

평소 시각디자인 분야에 관심이 많은데, 단지 관심만으로 이쪽 전공에 발을 들여놓아도 괜찮을지, 재능이 없는데 멋모르고 뛰어들었다가 망하지 않을지, 재능이 없다면 깨끗이 포기하고 부모님 의견에 따라 성적에 맞는 대학 문과 계열에 입학할 텐데.

나도 궁금하다. 예술적 재능이 뛰어난 디자이너가 세상 어딘가에 있기는 한 건지. 일단 시각디자인학과 교수인 나에게 그런 재능은 없는 것 같다. 학생 중에서도 여지껏 천재적 재능이 있다고 말할만한 경우, 그러니까 뭐랄까… 모차르트처럼 하나를 알려주면 열을 알고, 그러다 갑자기 엄청난 그래픽을 만들고, 천성이 이노베이티브해서 기상천외한 아이디어를 막 쏟아내는데 모두들 입이 떡 벌어지고, 수업이고 교육이고 다 필요 없이 혼자서 미친 듯이 씹어 먹는 그런 재능… 이런 천재는 본 적도 들은 적도 없다.

재능, 소질, 천재성, 뭐라 부르든 그저 말만 무성하고 그것이 무엇인지 설명하는 사람은 없다. 세간이 말하는 예술적 재능이란 것은 뇌의 어느 부분에 존재하는지. 아, 몰라. 몰라서 신비하니까 계속 모르고 싶은 눈치다. 사회는 미지의 직종에 신비를 부여한다. 마법 학교가 실제로 존재하길 바라는 심리와 같다. 세상에 예체능 돌연

변이 몇 명쯤 있어도 괜찮겠다는 느낌. 하지만 우리 아이는 아닐 거야. 아니어야 해.

사람들은 비범한 디자이너가 되려면 어떤 재능 같은 것을 타고나야 한다고 짐작한다. 학부모는 자녀가 그러한 예술적 재능에 감염되지 않았길 염원하고, 음성 판정을 받는 즉시 디자인학과 진학을 포기하겠다는 다짐을 자녀로부터 받아낸다. 이쯤 되면 재능이 무슨 신내림인가 싶다. 입학설명회 같은 곳에 가면 재능 감염 여부를 즉시 진단해 달라는 부탁을 받아 난처한 경우에 처한다. 청진기라도 메고 다녀야 할 판이다. 영화 〈스타워즈〉에 나오는 요다처럼 "이 아이는 포스가 함께 한다."라고 말해야겠지.

하지만 애석하게도 이쪽 분야에 그런 재능은 존재하지 않는다. 디자인 업무가 비범할 일도 별로 없다. 천재적 아티스트의 파란만장한 삶을 담아낸 영화에 감동한 이들에게는 김새는 얘기겠지만, 어쩔 수 없잖아. 사실이 그런걸. 학생들 앞에 앉혀놓고 모름지기 디자이너란 낮에는 도시 속 핫 플레이스를 전전하며 시크한 패피들과 미팅하다가, 밤이 되면 클럽에서 디제잉 같은 거 하고, 다음 날 숙취 없이 깨어나 뜬금없이 예술적 인스피레이션(?)에 휩싸여 트렌디한 카페에 앉아 최신 태블릿 위에 뭘 그리면서 크리에이티브(?)를 쏟아내는 창작자라는 거짓 환상을 심어주기엔 내 모습이 너무 강북구 아저씨라서 난처하다.

초등학교를 졸업한 지 5년도 채 되지 않은 인간에게 사회 시스템 속에서 제도화, 분업화된 직업적 능력을 기대할 수 있을까. 그들에게 적성 검사지를 들이밀며 재능을 가늠케 하고, '한국표준직업분류표'를 외우라 하고, 뭔지도 모를 미래를 대비하라고 강요하는 사람들은 자신이 열여섯 살 때 인생 진로에 관해서 얼마나 대단한 비전을 갖추고 있었는지 되돌아보길 바란다.

현재 고등학교 교사와 학부모 숭에는 나와 연배가 비슷한 사람이 많다. 그들과 내가 고등학생이던 시절, 우리는 진로가 소주 회사 이름인 줄만 알았다. 직업 세계를 잘 알지 못했을 뿐만 아니라 변변히 고민한 적도 없었다. 그랬기에 다행이라고 생각한다. 어설프게 진로 탐색을 했다간 도리어 망했을 판이다. 직업 세상이 지금처럼 바뀔 줄 누가 짐작이나 했단 말인가.

인간의 사회화 과정을 무리해서 앞당길 수는 없다. 중학생, 고등학생이 진로를 탐색한다고? 보습학원 선행학습 같은 소리 하고 있네. 어른들이 하도 난리를 치고 졸라

대니까 어린 학생들이 멋모르고 장단을 맞춰줄 뿐이다.

표정이 어두워진 그 학생은 진심으로 고민하는 듯 보였다. 시각디자인이란 용어를 처음 듣고 흥미를 느끼기 시작했을 무렵, 그 관심을 주변에 알리기 시작한 시점부터 주변에서 고민을 떠안겨주지 않았을까 싶다. 학부모는 부리나케 예체능 입시와 진로에 관한 사교육 정보를 수집하지 않았을까. 동료 학부모들의 도움을 받아 아는 정보, 인맥에 닿았을 것이다. 우리나라에서 미대는 어느 대학이 1위래요. 그 아래로 어느어느 대학 순이래요. 수도권에서는 어느어느 대학에 디자인과가 있대요. 미술학원은 어디어디가 합격률이 높대요. 미대 입시는 누구누구 선생님이 전문이래요.

이렇게 수많은 우려와 훈수가 스며드는 와중에 영화와 게임 그래픽을 보며 꽃피운 촉촉한 흥미는 어느덧 성적과 학원으로 점철된 맛대가리 없는 입시 전략으로 치환된다. 입시 세계에서는 흔한 이야기라 더 자세히 쓰자면 손가락만 아프다.

이런 정황을 떠올리며 안타까운 마음으로 학생의 고민을 듣는다. 그 학생만의 고민은 아니다. 많은 청소년이 자신의 앞날에 관해 서로 다른 듯 비슷한 걱정을 안고 있다. 소질이 없으면 어쩌지. 그래서 방황하고, 시간을 낭비하고, 입시에 실패하면 죽을 때까지 패배자로 살아야 하나. 마음속에서 쑥쑥 자란 가당치 않은 걱정은 청소년 자신이 만든 것일까, 아니면 주변의 어른들이 심어준 것일까.

내 생각을 모두 전해줄 수는 없지만, 그런데도 표현할 수 있는 범위 내에서 최대한 정직하게 말한다. 그럼으로써 청소년을 향한 최소한의 예의를 갖출 수 있다고 믿는다. 만약 정직한 그 얘기가 지루하고 촌스럽다 한들 어쩔 수 없다. 헛된 환상을 심어주는 희망찬 허위보다 더 해로운 것은 없을 테니.

"관심이 있으면 해봐야겠네요. 하지만 내가 점쟁이도 아니고, 학생의 앞날에 펼쳐질 길흉화복을 예언할 수는 없습니다. 내 경험으로 보자면 재능은 따로 없는 것 같아요. 오래 하는 사람이 잘합니다. 따라서 필요한 것은 재능이 아니라 어떤 일을 이어나가게 해주는 동력입니다. 그런 면에서 자발적 관심은 매우 좋은 출발이에요. 하지만 좋은 출발이 반드시 좋은 결말을 보장하지는 않습니다."

시각디자인학과에 입학해서 후회하고 좌절하는 학생들도 꽤 있다. 아닌 게 아니라 대학교 강의실에는 '내가 원하던 공부는 이런 게 아니었어.'라며 자괴감에 빠지는 학생이 종종 보인다. 원론적으로 말하자면 그런 후회는 기분만 나쁘지, 인생에 나쁘지는 않다. 그들이 과연 실패자일까?

뭔지 모르고 열어본다는 점에서 대학 전공 선택은 신제품 과자를 고르는 일과 같다. 광고 모델이 맛있게 먹어서, 포장지가 울긋불긋해서, 단짠이 취향이라서 그렇게 본인의 의지로 선택했으나, 막상 입에 넣어보니 입맛에 맞지 않을 수도 있다.

얕은 관심을 깊은 열정으로 오해해서 내린 선택을 후회하는 젊은이가 있다. 수능 성적에 떠밀려 무작위로 당첨된 전공에서 흥미를 느끼지 못하는 대학생이 있다. 우리는 그들에게 어떤 말을 해줄 수 있을까.

실패했다고, 한심하다고, 네 인생은 틀렸다고 말하는 사람은 없을 것이다. 사람에게 할 수 없는 끔찍한 말들이니까. 그런데 한번 가만히 생각해보자. 혹시 우리는 모두 익명의 사회 분위기를 통해 젊은이들에게 저런 메시지를 내비치고 있지 않은지. 알 수 없는 거대한 집단이 이 시대의 청소년, 대학생, 취준생에게 잔혹한 압박을 보내고 있지 않은지 살펴볼 일이다.

"괜찮아요."

"조급하지 마세요."

"성찰과 탐색의 시간이 필요합니다."

"차근히 몰입할 수 있는 일을 찾아봅시다."

우리가 해주고 싶은 말은 이런 말이다. 그런데 표리부동하게도 온갖 대중매체와 SNS, 공교육, 사교육, 정부 기관은 청소년을 진로 탐색 패스트트랙의 전장으로 내몰고 있다. 영재 유치원생이 고등학교 수학 문제를 풀고, 흥 많은 초등학생이 연습생으로 무대에서 경쟁하고, 총명한 중학생이 발명 대회에서 우승하고, 힘찬 고등학생이 나이 지긋한 사업가들 앞에서 벌벌 떨면서 창업 프레젠테이션을 하는, 그저 보는 것만으로도 구역질이 나올 만큼 힘든 모습을 연출하고 소비하는 일을 계속한다. 우리는 왜 어린아이들의 미래에 관대하지 못할까. 아무도 그 미래를 알지 못한다고 왜 솔직하게 말하지 않을까.

어떤 학생이 편의점에서 새로운 과자를 발견한다면, 만약 그것이 구미를 당긴다면, 그 아이는 얼마 동안 고민하겠으나, '일단 먹어보고 맛없으면 다음부터 사지 말아야지.'라는 생각에 어렵지 않게 구매를 결정할 수 있을 것이다. 나는 요즘 우리가 이른바 진로 탐색이라고 부르는 과정이 이와 비슷하게 가벼울 수는 없을까 하는 공상을 한다.

　하지만 역시 직업 선택을 전제로 하는 진로 탐색과 천 원짜리 과자 선택을 같은 무게로 놓을 수는 없다. 맛의 경험은 하룻저녁이지만 직업은 짧게는 1년, 길게는 10년의 삶을 결정한다. 철학자 이성민은 직업 선택을 인식하는 방식을 이렇게 말한다.

　　"나는 여기서 직업의 선택이 다만 다른 길의 선택에 불과하지 않고 다른 세계의 선택이라는 것을 보여주려고 한다. 직업의 선택이 세계의 선택일 경우, 첫째 이제 우리에게는 그곳이 어떤 세계인지를 자세히 들여다볼 필요성이 생긴다."

　　　　　　　— 이성민, 『일상적인 것들의 철학』, 바다출판사, 2016, 99쪽

　이 구절이 말하듯, 직업 또는 전공 선택을 사회적 인생이 깃들 '세계'를 선택하는 의미로 받아들인다면, 어찌 보면 진로 탐색은 한동안 내가 행복할 수 있을지를 고민하는 막중한 과정이라 할 수 있다. 따라서 사람은 누구나 이 선택이 실패하지 않길 바라고, 늘 자신의 진로, 즉 사회적 행보를 계획함에 조심스럽다. 진로를 탐색하라는

압박이 대학생, 고등학생을 넘어 중학생에게까지 가고, 온갖 정부 기관과 단체가 진로와 관련한 갖은 프로그램을 내놓는 현상은 이 선택이 불안하고 걱정스러움에 너나없음을 증명한다.

진로교육지원센터, 청소년진로체험, 학교급별 진로교육, 진로교육학회, 진로진학지원사무실, 취업지원센터, 취업진로포털, 진로적성캠프, 진로진학가이드, 진로 탐색진단, 직업역량진단, 학부모진로교육지원단

이에 따라 옳은 선택을 높기 위한 수없는 고민과 분석, 조언이 도처에 있다. 이제 진로 탐색자는 눈을 돌리고 손만 뻗으면(때로는 결제 버튼을 누르면) 진로에 관한 자잘한 정보와 동영상을 접할 수 있다. 심지어 청소년은 자신이 원하지 않았는데도 온갖 멘토들이 니글니글한 낯으로 다가와 떠먹여 주는, 그 맛대가리 없는 진로 체험을 체험하는 곤욕을 치러야 한다. 진로 탐색 자체가 전도유망한 사업 영역이란 사실은 비밀도 아니다. 그러니까 지금 와서는 주객이 전도되어 이게 과연 진로가 목적인지, 탐색이 목적인지 혼란스러울 정도다.

교육 시장에서 수요와 공급은 인간의 불안감을 먹고 자란다. 공룡처럼 거대해진 진로 탐색 시장. 우리는 그 시장의 크기만큼이나 너무 큰 조바심에 짓눌려있지 않은가. 미래에 관한 불안감을 해소하기 위해 만들어낸 온갖 유치한 장치가 오히려 본말을 전도하는 역효과를 내지는 않은지, 한번 진지하게 생각할 필요가 있다.

진로 탐색이 과자 탐색과 마찬가지로 유쾌하고 가벼우면 좋겠다는 공상은 결코 직업 선택이 쉬운 문제라든지, 그러니 잘못돼도 그만이라는 태도에서 나온 발상은 아니다. 고결하고 중요한 선택일수록 소매를 잡아끄는 잡다한 사항은 집어치우고 순수하게 본질에 집중하는 자세가 필요하다. 주변의 훈수보다는 자신의 내면에 귀를 기울이며 경쾌하게 나아가면 어떨까. 지나치게 많은 것이 걸린 경기에서 선수는 긴장하게 마련이다. 그런 승부일수록 즐기는 자세로, 실수해도 웃고 털어버릴 수 있는 마음가짐으로 경기에 임해야 좋은 결과를 기대할 수 있지 않을까.

성공하는 전략

레드오션, 블루오션, 틈새시장 등 경쟁에서 유리한 위치를 차지하고자 고민하는 용어가 넘친다. 이런 단어들이 모여 이룬 격류에 휩쓸려 나도 한번 궁리해본다. 어떻게 전략을 세워서 문제를 해결하고 성공의 길에 들어설까?

이런 사고방식은 이익과 손해를 셈하여 실적을 늘릴 문제가 있을 경우 꽤 유용하다. 수요를 파악한다든지, 브랜드를 알린다든지, 점유를 늘린다든지, 그래서 종국에는 자본을 키우는, 비즈니스라고 부르는 일이 대개 그렇다.

하지만 애초에 '문제'라 부를만한 것이 없는 사사로운 일은? 원하는 대로 하면 된다. 좋아하는 일에서 궁극의 성공은 '좋음'이다. 그러니 하고 싶은 일이 있다면 레드 오션이든 그린 라떼든 눈치 보지 말고 신나게 해치워 버리면 그만이다.

괜히 있지도 않은 문제를 만들어서 똑똑한 경영자의 전략적 태도를 취한다면 주변의 비웃음은 면할지언정, 정작 나의 일은 회색빛 업무로 경화되어 더 이상 '좋아하는 일', '하고 싶은 일'로 남아있지 않을 것이다.

노인과 버거킹

아들딸을 실내 놀이터에 입고하는 퀘스트를 완료한 도시 아빠는 자유시간 보상을 획득했다. 홀로 브런치라니. 이런 호사를 누리게 해주는 쇼핑몰님 감사합니다. 커피숍에서 조각 케이크를 주문할까, 플레이스테이션 신작 게임 타이틀을 구경할까, TV 광고에 나온 안마 의자를 체험해볼까.

저 멀리 보이는 시뻘건 간판에서 고기 냄새가 풍긴다. 'BURGER KING'이라고 새긴 동글동글한 글자만 보면 여지없이 직화 구이 냄새가 나는 것 같고, 감자튀김 냄새가 나는 것 같은 그런 공감각적 심상이 있다. 이 정도면 '파블로프의 개'에 이어 '버거킹의 개'라는 별명을 얻을만하다.

버거킹 매장에 들어서자 프리미엄 메뉴로 시선이 향한다. 벽면을 채운 거대 LCD 메뉴판은 모든 메뉴를 평등하게 제시하지 않는다. 온갖 재료를 조합한 신제품 버거는 기름진 초상화와 장식적인 글자로 영웅의 자태를 뽐낸다. 이달의 프로모션 메뉴는 숲 속 요정처럼 싱그러운 모습이다. 그 외 묵묵히 자리를 지키는 평범한 버거, 감자튀김, 콜라, 기타 등등은 이름만 간략히 표시된다.

트리플비프베이컨클래식뉴욕더블블루치즈버거. 대략 이런 느낌으로 작명한 프리미엄 햄버거는 이름만큼이나 가격도 그로테스크하다. 그리고 그걸 세트 메뉴로 업그레이드하면 현기증 나는 숫자가 펼쳐진다. 원초적 반사 신경이 나를 이곳으로 이끌었다면, 이제 합리적 이성이 당장 이곳을 떠나라 외친다.

무료 안마 의자 체험으로 이적을 결심하려는 찰나, 하필 그때, LCD 화면이 방황하는 내 마음을 읽었다는 듯 회심의 와퍼 세트를 내보인다. 와우! 이 정도 가격이면 괜찮네. 더구나 와퍼는 양도 많잖아. 산술 지각 능력이 트리플더블 어쩌구에 오염되어 마비됐나 보다.

날조된 명분에 기뻐하며 가성비킹 버거킹 와퍼 세트를 주문한다. 더구나 와퍼는 사전 제작 물량이 있어 출고가 빠르다. 이런 것까지 알다니, 나 완전 버거킹 고인물.

"8,254번 고객님. 주문하신 와퍼 세트 나왔습니다."

팔천? 도대체 하루에 햄버거를 몇 개나 만드는 거냐? 자신의 은밀하고 위대한 선택이 만천하에 공개된 8,254번 고객은 꼬깃꼬깃 소중히 간직한 번호표를 제출하고 일회용 포장지가 가득한 플라스틱 쟁반을 받아 든다.

여유를 누릴 시간. 얼음으로 희석된 콜라는 부드럽게 넘어가고, 감자튀김은 뜨겁고 바삭해서 맛있다. 그래, 이 느낌이야. 안마 의자는 나중으로 미룬다. 본 메뉴인 와퍼를 개봉하려는데, 계산대 쪽에서 언짢은 말다툼이 흘러나온다. 어느 노인이 직원을 향해 소리를 지른다. 인상 좋게 생긴 직원은 미안함과 황당함이 뒤얽힌 괴상한 표정을 짓고 있다.

"그림하고 어느 정도는 비슷해야지!"

노인의 손에는 한 입 베어 물은, 베이컨더블치즈버거로 추정되는 식품 덩어리가 들려 있다. 한때 따끈한 점심거리였던 그것은 지금 계산대 직원 앞에서 위협의 춤을 추는 중이다. 저러다 양상추로 사람 치겠다. 매장 내 다른 고객님들은 시큰둥 뾰로통하다. 다들 말 같지도 않은 이유로 소란을 피워 식사 분위기를 망치는 노인을 속으로 힐난하는 눈치다. 할아버지, 여기서 이러시면 안 돼요.

"도대체 여기 사장이 누구요!"

아뿔싸. 사장이라니. 그 말 진심인가. 당신 정녕 버거킹 사장을 원하는가? 일단 버거킹 본사 CEO는 대니얼 슈워츠라는 미국 사람으로, 국제통화요금을 감수한다 해도 단지 그의 비서의 비서와 영어로 헬로우 하우알유 할 수 있는 게 고작이다. 하지만 버거킹은 다국적 기업이므로 굳이 본사 사장을 찾을 이유는 없겠시. 대한민국에서 버거킹 사업을 관리하는 최고 경영자는 (주)비케이알 대표이사 문영주 사장이다. 하지만 계산대에 서있는 파트타임 직원은 문 사장님의 연락처를 모른다. 심지어 자신이 (주)비케이알 소속 조직원이었다는 사실도 몰랐다.

노인은 환불을 원하고, 융통성 없는 혹은, 권한이 없는 직원은 환불 불가를 고수한다. 양쪽 모두 물러서지 않을 기세다. 노인이 목소리를 높일수록 가족 단위 고객님들의 표정에 짜증이 짙어진다. 이쯤 되니 노인이 애처롭기도 하다. 사실 그가 하는 말이 이치에 어긋나지 않건만, 누구도 그를 옹호하지 않는다. 노인이 인생의 선배일지는 몰라도 이곳에서는 로컬 룰에 어두운 뉴비**에 불과하다. LCD 모니터 위 화려하고 윤기 나는 사진은 그저 광고일 뿐이며, 우리가 실제로 먹을 음식은 전자레인지 냉동식품이라는 '사회적 합의'를 그는 알아채지 못했다.

코팅 포장지에 휘리릭 감겨 나오는 그 식품 덩어리는 빵 맛도 고기 맛도 아닌 환경호르몬 맛이 난다는, 그리고 어떤 사람들은 그 야릇한 맛을 음미하고자 그걸 먹는다는 유서 깊은 도시의 전통을, 오늘 버거킹 매장에 첫 방문을 찍은 뉴비가 파악했을 리 없다. 만약 나라면 어떤 말로 그를 진정시킬까?

"어르신. 사진은 실제와 다르답니다."

곤란하다. 이렇게 간단히 납득할 리 없다. 내가 매니저라면 그냥 환불해주고 만다. 노인과 버거킹 그 어느 쪽도 잘못되지 않았기에 이 말싸움에 결론은 없다. 하지만 영문도 모른 채 자신이 속하지 못한 장소에서 외롭게 분노하는 한 인간을 보자니 문득 나는 그의 편을 들고 싶다.

노인이 분노하는 이유는 타당하다. 버거킹을 처음 방문한 그에게 모니터에 크게 전시된 햄버거 사진은 상품의 모습을 예측하게 돕는 유일한 정보로 작동한다. 글자는 상품 이름과 칼로리를 제시할 뿐 별다른 느낌을 전달하지 않으니, 사진을 보고 판단할 수밖에.

사진으로 표현된 햄버거는 거대하고 탱탱하고 울긋
불긋하다. 두터운 층을 이룬 베이컨, 패티와 베이컨 사
이에 조물조물 녹아내린 치즈에는 고소한 기름이 흐른
다. 그 사진만 보면 정가의 두 배를 지불하더라도 아깝
지 않을 정도다. 하지만 막상 베이컨더블치즈버거를 손
에 들고 보면 어떤가. 눅눅한 밀가루빵 사이에 패티 두
장이 체념하듯 겹쳐져 있다. 지렁이만 한 베이컨은 어디
숨었는시 보이지 않고, 다만 숨 죽은 빵 틈새에 스민 케
첩과 머스터드 색깔이 난잡할 뿐이다. 버거킹에 호의적
인 내가 봐도 이 정도니, 벽에 걸린 저 사진들은 과대광
고라 비난받을 만하다. 분노한 노인 어깨 너머로 어떤 오
지랖 넓은 고객님이 삐죽 참견하면 어떨까.

"이건 완전히 달라. 사진이 너무했네."

하지만 이 주장 또한 자신 있게 내밀 수 없다. 따지고
들면 사진과 실제가 굳이 '다르다'고 항의하기 어렵다.
핀셋으로 버거를 해부해보자. 사진에 보이는 재료를 모
두 찾을 수 있다. 번, 케첩, 머스터드, 피클, 베이컨, 치
즈, 패티 두 장.

사진에서 피사체의 크기는 포착하기 나름이다. 똑같
은 사물이 롯데월드타워만큼 커 보일 수도, 코딱지만큼
작아 보일 수도 있다. 값비싼 DSLR 카메라와 전문가용

렌즈만 있으면 노인이 흉기처럼 휘두르는 저 밀가루 덩어리를 메뉴판에 나온 고급 햄버거처럼 보이게 하기란 그리 어려운 일이 아니다. 내용물을 한쪽으로 쏠리게 밀어 넣고 조명이 환한 방에서 아래에서 위로 올려다보듯 찍으면 된다. 컴퓨터 그래픽의 조작 없이도 과대광고 혐의를 벗어나게 해줄 이미지를 만들 수 있다.

이 타이밍에 매장 매니저가 등장할 법하다. 매니저는 '직원 외 출입 금지' 문을 열고 나와 정색한 표정으로 단호히 말할 것이다.

"고객님. 뭐가 문제시죠? 구매하신 제품은 이상 없으세요."

틀린 말이 아니다. 제품은 이상 없다. 화면 이미지가 제시하는 시각적 설명과 제품명이 제시하는 언어적 설명은 일치한다. 베이컨더블치즈버거 = 베이컨 + 더블 패티 + 치즈 + 햄버거 빵. 간단하다. 굳이 헤집어볼 필요도 없다. 이렇게 노인은 패배하는가. 뭔가 마뜩잖다. 사진 이미지와 냉동 햄버거의 차이는 무엇일까. 바로 그때. 지금껏 한쪽 테이블에서 맥북을 펼치고 조용히 커피를 마시던 '그래픽디자이너'가 안경 너머로 날카롭게 한마디 던진다.

"재료가 모두 들어간 건 맞습니다. 하지만 맛있고 풍

성하다는 뉘앙스가 빠졌죠."

예상치 못한 디자이너의 등장에 매니저와 직원은 당황한다. 이 사람으로 말할 것 같으면, 하루 열여덟 시간 컴퓨터 앞에서 포토샵으로 이미지와 글자를 조작하는 업무를 수행하는 전문직 종사자다. 시각적 뉘앙스를 만들어 햄버거 사이에 끼워 넣는 일은 이 프로페셔널에게 쉬운 일이다. 상상을 실제로 구현한다는 면에서 판타지 소설 작가와 비슷하다.

사실 논란의 원인이 된 저 '사진'도 디자이너가 포토샵 마법을 시전한 이미지다. 새벽에 마감을 끝내고 집에 들어가기 전 간단히 아침을 해결하러 들렀다가 우연히 이 다툼을 목격하고 가만히 있을 수 없었다. 디자이너는 단기 프리랜서로 고용된 터라 굳이 버거킹 편을 들 이유는 없다. 이제 싸움은 노인 쪽이 우세하다.

nuance /nuːaːns/

a subtle distinction or variation

출처: Merriam-Webster 영어 사전

뉘앙스 「명사」

음색, 명도, 채도, 색상, 어감 따위의 미묘한 차이. 또는 그런 차이에서 오는 느낌이나 인상.

이미지는 언어적 설명과는 다른 뉘앙스를 전달한다. 노인을 제외한 모든 고객님은 매일 눈앞에 펼쳐지는 이미지의 향연에 취해 살아가는 사람들이다. 굳이 누가 알려주지 않았어도 그들은 매체 경험 속에서 이 뉘앙스의 본질을 체득했다. 너도 알고 나도 아는, 일종의 '사회적 합의'인 셈이다. 그들은 햄버거 사진과 실제 햄버거는 서로 다르다고 알고 있다.

디자이너의
마음

이 시점에서 이런 의문이 들었다.

'실제 베이컨더블버거와 똑같이 사진을 찍으려면 어떻게 해야 할까?'

꽤 어려운 문제다. 입체인 햄버거를 평면으로 옮겨야 하는 난관은 둘째 치더라도, 냄새, 맛, 각도에 따라 시시각각 변하는 모습을 순간의 이미지로 포착하기란 불가능하다. VR로 만들어서 4D 체험을 하면 실제와 같을까? 그게 그렇지도 않다. 사람은 참으로 오묘한 존재라, 하나의 대상을 놓고 모든 사람이 각각 다른 면을 보기 마련이다. 누구는 소고기에 관심이 있고, 누구는 치즈만 보고, 누구는 토마토에 집중한다. 이러한 다양한 관점을 모두 포괄하는 하나의 궁극적 표현이 존재하리라 상상하기 어렵다.

지금까지 이 모든 상황을 지켜보던 한 사람이 조용히 우리 곁에 다가와 나지막하고 설득력 있는 목소리로 말한다.

"이보게들. 이미지는 진실을 모방한 허상에 지나지 않는다네. 생각해보게. 사진은 햄버거가 아닐세. 그 옆에 적힌 글자도 아니지. 햄버거라는 말소리도 햄버거가 아니야. 심지어 당신 손에 들린 그 물체도 햄버거가 아닐세. 이 모든 것은 오직 '햄버거'라는 무형의 진실을 지시하는 상징, 그리고 상징의 상징일 뿐이지. 결국 우리는 죽을 때까지 햄버거라는 진실을 목격할 수 없네. 존재하지 않는 것을 어떻게 본단 말인가, 껄껄껄."

이 사람 뭐지. 외국인인데 헐렁한 옷에, 커다란 천을 둘렀다. 어려운 단어로 영문 모를 소리를 늘어놓는 걸 보니 한국어가 서툴거나 아니면 공부를 너무 많이 해서 정신이 나간 사람 같다.

외국인의 등장으로 혼란은 점입가경이다. 그냥 환불해줬으면 쉽게 끝날 일이잖아. 괴상한 노인 대신 문영주 사장이 등장했으면 좋았을 텐데. 그 사람이라면 흔쾌히 환불해주고, 덤으로 기념품까지 얹어줬을 거야.

흥미롭게 관전하는 동안 어느새 와퍼를 다 먹었다. 감자튀김도 소금까지 다 긁어 먹었다. 플라스틱 쟁반 위에는 포장지만 남았다. 이제 안마 의자 체험하러 가야지.

---

* 고인물: 게임 문화에서 특정 게임을 깊게 파고들어 높은 경지에 다다른 유저를 칭하는 말. 한 분야에 오래 몸담은 사람을 뜻하기도 한다.
** 뉴비: 어떤 영역에서 무경험자를 지칭하는 말. 온라인 게임상에서 특히 많이 쓰이며, 영어 표현인 'New Visitor'의 약어인 'Newbie'를 발음 그대로 한글 표기한 데서 유래한다.

모든 것이 융합되는 초연결 시대

"메일 확인하셨죠?"

"아뇨. 언제 보내셨는데요?"

"방금 전에 보내드렸는데, 아직 못 보셨구나. 그러면 어쩌고저쩌고…."

이건 무슨 도토리 모자 벗고 마이녹실 뿌리는 소리야. 방금 보낸 메일을 무슨 수로 확인해. 전화를 끊고 확인했더니 그 메일이란 것은 통화하기 불과 4분 전에 도착해 있었다. 메일을 40초마다 확인하길 기대하나?

그래. 그런 사람이 있을지도 모른다. 출출하고 나른한 봄날 오후, LG 하우시스 발코니 통창 너머로 시크하게 다듬어진 잔디밭을 감상하며 마리아주 프레르의 유기농 저지방 우유를 곁들여 애프터눈 티를 홀짝거리는데, 고즈넉한 분위기에 몽롱하고 무료해서 수입산 대리석타일에 붙은 먼지라도 쓸어 모을까 생각하는 찰나, 스마트폰 알림이 또링 울린다. 그래, 요 녀석, 마침 잘됐다, 너라도 뒤적이면서 이 따분한 심정을 달래보자. 이런 상황에 처한 사람이 있을지도 모른다. 아마 전 세계에 네 명 정도.

애석하게도 나는 저 정도로 여유 있는 사람은 못 된다. 일할 때는 뭔가를 찾아보느라 정신없고, 일이 없을 때는 보통 밥을 먹거나 게임 중이다. 그나마 일요일 오후 네 시 무렵에는 다용도실 창문 너머로 아파트 단지 주차장을 감시하는 여유를 누리기도 하지만, 이런 망중한에조차 스마트폰이 방구석 어디에 쑤셔 박혀있는지 알지 못하고, 알고 싶지도 않다. 그것은 마치 로봇 청소기처럼 집 안 어디선가 혼자서 온갖 알림과 메시지를 씹어먹으며 제 역할을 수행 중이리라.

스마트폰 앱 알림이란 알림은 모조리 꺼놓았다. 카톡은 하루에 세 번 정도 몰아서 확인한다. SNS는 유동적이어서 내킬 땐 하루에 너덧 번 보기도 하고, 어떨 땐 일주일 동안 쳐다도 안 본다. 메일 확인은 평균 하루 정도 걸린다. 주말에는 지연 시간이 길어진다. 결국 나에게 메일이란 그 유통 속도에 있어 등기우편과 크게 다르지 않은 것이다.

한때는(그러니까 아이폰이 처음 나왔을 무렵인 2007년 얘기다) 인터넷이 되는 전화기가 신기하기도 하고, 또 아는 친구들이 웃긴 얘기를 경쟁적으로 올려대는 담벼락이 재밌기도 해서 종일 스마트폰 화면에 머리를 처박고 살던 시절이 있었다(당시 SNS는 각자의 유머 감각을 뽐내는 희극작가 경연 무대와 같았다). 쏟아지는 업무 메일을 비롯해 세상만사 흥망성쇠를 전하는 온갖 알림이 끊이지 않았고, 그런 신호기인 스마트폰을 손에서 놓을 수 없었다. 그렇게 하는 것이 다른 사람들과 발맞춰 걷는 방법이라 여겼다.

4년 정도 그렇게 살았던 것 같다. 아침에 잠에서 깨면 SNS 알림부터 확인한다. 기대보다 '좋아요'를 적게 받았군. 새벽에 보낸 업무 메일은 답이 왔을까. 알림 소리가 나면 무엇에 홀린 사람처럼 스마트폰을 찾아 들고, 화면을 밀어서 잠금 해제 한다. 스마트폰을 들고 있는 중에도 알림은 계속 울린다. 사람 생각이 참으로 좁아서, 내가 그렇게 사니까 세상 모두가 그런 줄 알았다. 기껏 메일 따위를 보내고 4분도 채 지나지 않아 '왜 답이 없지?'라며 안달하는 것이다. 정신 차려. 방금 보낸 메일을 무슨 수로 확인해. 그래도 조급해서 기어코 문자메시지를 보낸다. 이메일에 이메일로 답한다. 댓글을 댓글로 상쇄하고 새 댓글을 남긴다. '어머, 이건 봐야 해.'라며 댓글에 @으로 소환하고, 단톡방에 소환하고, 그렇게 이중 삼중으로 강하게 연결된다.

비슷한 처지에 놓인 사람들끼리 자발적으로 협력하여 몇 시간 뒤에는 기억도 나지 않을 뭔가를 열심히 올린다. 밤새도록 상대방의 곳간에 쌀가마니를 옮겼다는 어느 의좋은 형제의 이야기와 닮았다. 다만 이야기 속 형제의 발길은 서로의 마당을 향했고, 나와 '랜선 친구'*들이 제작한 하이퍼텍스트는 다국적 IT 기업의 서버실을 향했다는 점이 다르다.

메시지 알림이 월드컵 심판 호각 소리만큼 중요한 신호가 된 지 오래된 4월 어느 날, 등굣길을 걷다 무심히 떠오른 흥미진진한 생각에 열중하던 중, 갑자기 신경질적인 깨톡 소리에 화들짝 놀란 나. 허둥지둥 스마트폰을 꺼내 드니 레티나 UHD 디스플레이가 자연색보다 부드러운 4K 화질로 이렇게 말한다.

"ㄴㄴ. 별것 아니야. 하던 일 계속해."

그럴 수 있다. 흐름이 끊겼지만 다시 생각하면 된다.

근데 뭐였더라? 느슨한 시냅스가 의도치 않게 작동해서 나온 발상이란 일단 한번 날아가면 되찾기가 쉽지 않다. 얕은 잠 언저리에서 꿨던 꿈이 기억나지 않을 때처럼 근질근질 괴롭다. 분명히 머릿속에 뭔가 있었는데 그게 뭔지 모르겠네. 뭐였지. 기억하고 싶다. 방정맞은 깨톡 외침에 호르륵 도망가 버렸어.

뭐였지. 뭐였지. 뭔가 대박 기발하고 몰입도 높은 느낌이었는데. 장르조차 떠오르지 않아. 글감이었나? 글꼴이었나? 아재 개그였나? 잡힐 듯 가물가물 기억나지 않으니 더 간절하다. 폴 매카트니는 잠결에 떠오른 멜로디를 피아노에 옮겨 〈Yesterday〉를 작곡했다고 하는데, 혹시 나도 불멸의 명곡에 비견할 만한 엄청난 아이디어를 구상했던 건 아닐까? 그렇다면 아깝잖아. 뭐였지. 뭐였지.

미치광이 예술가처럼 안절부절 서성이다 망할 놈의 스마트폰인지 스머프똥인지 하는 기계를 보도블록에 내동댕이치고 싶은 충동을 느낀다. 안 돼. 그러는 거 아니야. 비싼 거야. 그나저나 폴 매카트니가 비틀즈로 활동하던 시절에 스마트폰이 없었기에 망정이지, 이 물건이 조금만 일찍 발명됐더라면 불후의 명곡이 세상에 나오지 못할 뻔했어.

비슷한 일이 자주 발생했다. 수업 들어가기 전에 잠시 엎드려 자려고 하는데, 아니나 다를까, 스마트폰이 또로롱 소리로 나를 두들겨 팬다. 심장이 급하게 뛰어 아픈 왼쪽 가슴을 움켜쥐고 기어가 충전기에 놓인 전화기를 뽑아 보니, 그놈의 망할 최첨단 LCD인지 LED인지 하는 디스플레이는 이렇게 말한다.

"ㄱㅊ.** 누가 너의 사진에 '좋아요'를 눌렀을 뿐이야. 자던 잠 계속 자."

잠들다 만 눈을 억지로 뜨고 빌어먹을 멀티터치 지원 정전식 터치스크린을 이리저리 밀고 당겨서 좋아요 숫자를 확인한다. 오호… 이 정도면 나도 인기인? 아, 제길! 자야 한다고!

연결이 필요해서 연결된 것이 아니라, 연결 그 자체가 삶의 의미가 되어버렸다. 우리는 무엇을 위해 연결되는가. 의좋은 형제는 서로의 배고픔을 해결해주기 위해 쌀을 전했건만, 우리는 네트워크라는 개념적 통로를 통해 서로에게 무엇을 전하고 싶은 걸까? 잘 모르겠다. 아니면, 아무것도 전하고 싶지 않은 걸까?

모두가 막무가내로 아무 얘기를 올린다. 어떤 사람은 그걸로 꽤 유명해지고, 다른 사람은 그걸로 다소 유식하다고 평가받고, 또 다른 사람은 약간 분별 있는 사람으로 분류된다(한편에서는 인공지능이 그것들을 뒤적뒤적 꺼내서 분석한다).

곧잘 그런가 싶다가도 어느덧 피로해서 잠시 올리기를 멈추면 순식간에 존재 자체가 사라진다. 그러니 뭐라도 계속 올릴 수밖에. 이 지경에 이르렀으니 남기고 싶어서 사진을 찍는 게 아니라, 올리기 위해 사진을 찍는 셈이 된다. 뭐라도 생기면 그것이 아무리 사소하더라도 즉각 노출하고 공유한다.

나는 올린다. 그러므로 나는 존재한다.

그나마 이제는 사람들과 연결된다는 확신도 없다. 말이 좋아 소셜네트워크지, 사실은 페이스북, 트위터, 인스타그램 같은 글로벌 기업 서비스에 출석 체크할 뿐이잖아. 그곳에는 수많은 랜선 친구들이 쏟아부은 글자와 이미지가 있다(광고도 있다). 그것들에 전분 같은 걸 섞어서 걸쭉하게 끓이면 늦은 밤에 음미하기 좋을 뿐만 아니라 다음 날엔 숙취 없이 깨끗이 잊히는, 부드럽고 톡 쏘는 뭔가가 만들어진다.

행복과 분노, 자랑과 위로, 비난과 충고, 웃김과 냉소, 광고와 광고가 두서없이 뒤섞여 하나의 미끈한 덩어리로 융합된다. 뭐라 한마디로 규정하기 어려운 그 융합체는 끊임없이 나를 부른다. 뚜둥, 또로론, 딩동.

그러던 어느 날. 임계점이 왔다. 이게 뭐 하는 짓인가 싶었다. 연결선을 움켜쥐느라 삶의 주도권을 놓쳤다. 비 오는 버스 정류장 벤치에서 멍하니 공상하는 시간이 사라졌다. 마냥 서성이던 끝에 '아, 심심해. 뭐 재밌는 일 없나?' 궁리하는 시간도 사라졌다. 전화벨과 앱 알림이 시간과 생각을 조각조각 끊어먹는다. 이따위로 타인과 연결되어 좋을 게 뭐란 말인가. 나를 위한 나는 없고, 연결되기 위한 나만이 존재한다.

스마트폰을 충전기와 함께 어두운 구석에 배치했다. 훈련된 본능에 저항하며 되도록 스마트폰을 보지 않기로 한다. SNS 관련 앱 삭제. 모든 알림 전면 차단. 예상했던 금단증상이 일어난다. 첨단 OLED 디스플레이를 누비던 손가락이 갈 곳을 잃고 부들부들 떤다.

냉장고에서 맥주를 꺼내고 책을 펼친다. 소셜네트워크가 잘게 쪼개놓은 생각의 호흡이 집중을 방해한다. 한 페이지를 읽기도 전에 불안에 휩싸여 당장 스마트폰을 열지 않으면 뭔가 중요한 화제를 놓칠 것 같은 기분이다. 나만 빼고 다들 랜선에서 재밌게 놀고 있을 것 같은 망상에 질투가 샘솟는다.

"당신의 삶을 변화시킬 5G

5G는 초고속, 초저지연, 초연결 시대를 여는 차세대 이동통신 기술입니다.

5G와 삼성 스마트폰이 만나면 지금껏 경험해보지 못한 속도로 콘텐츠를 다운로드하고, 스트리밍 영상을 보고, 실시간 게임을 즐길 수 있습니다.

앞으로 전 세계 모든 국가에서 5G를 사용하게 된다면, 스마트폰을 넘어 일상의 모든 순간이 5G로 연결될 것입니다.

당신의 삶이 어떻게 달라질지 궁금하지 않으세요?

5G와 함께하는 일상을 미리 만나보세요."

— 삼성전자 홈페이지 〈5G와 함께하는 삶〉에서 발췌
(www.samsung.com)

2020년 온갖 매체가 외친다. 4차 산업혁명, 5G 네트워크, 인공지능, 유튜브, 융복합, 자율주행, 디지털 노마드. 듣노라면 대단한 문명의 발전을 실감한다. 이게 가능한가 싶을 정도로 정보 기술은 미친 듯이 발전했고, 지금도 엄청난 속도로 발전하는 중이다. 그 증거로 몇 년 전에는 상상조차 못 했던 일들이 어느새 슬그머니 일상으로 자리 잡았다. 온라인 쇼핑으로 식료품을 주문하고,

지도 앱이 도착 시간을 알려주고, 화상으로 수업을 하고, 좋아하는 게임을 하면서 그 게임 플레이를 생방송으로 내보낸다. 20년 전 과거의 나에게 이런 얘기를 해준다면 그는 믿지 않을 것이다.

여러모로 IT 기술에 고마워할 일이 많은 세상이다. 그러하니 보답하는 마음가짐으로 수시로 튀어나오는 광고를 참을성 있게 지켜볼 줄도 알아야 한다. 나는 예체능을 진공해서 기술 발진에 직접 뛰어들 능력은 없으니까, 삶 속에 스며든 첨단 정보 기술이 반짝반짝 도움을 줄 때마다 감사하며 겸손한 자세로 잘 사용하면 될 것 같다.

하지만 그러한 구호가 선을 넘어서 초연결, 초고속, 초저지연 트렌드에 맞춰 너의 삶을 개조하라고 충고한다면 얘기는 달라진다. 풀어 말하자면, 5G 통신 요금을 매달 자동이체하며, 쓰지도 않을 앱을 깔고, 고해상 사진을 올리고, 고화질 영화를 내려받고, 지하철에서 스포츠 중계를 시청하고, 카카오톡을 수시로 확인하고, 해시태그를 달고, 좋아요 개수에 실망하고, 이런 짓을 더욱 빠르게, 쉴 틈 없이, 쾌적하게 수행하기 위해 일 년에 한 번씩 그 비싼 스마트폰을 바꿔야 한다고 충고한다면, 나는 사뿐히 사양하겠다.

만약 오늘 그 충고를 받아들이면 모든 것이 융합되는 초연결 시대에 그 개념적 융합체의 일부가 될 자격을 얻을지도 모른다. 하지만 왜 그래야 하는지 모르겠다. 4년 뒤에는 알게 될지도 모르지만, 오늘은 모르겠다. 오늘은 생각하고 일하고 놀기만 해도 시간이 부족하다.

당분간 초연결은 최첨단 기계에 맡기기로 한다. 지금 나의 비싼 스마트폰은 어두운 방구석에 묵묵히 자리 잡고 밀려드는 온갖 알림과 메시지를 나 대신 씹어 먹는 업무를 수행하는 중이다. 단말기라는 명칭이 절묘하게 어울리는 역할이다.

"우리는 메인주와 텍사스주를 연결하는 전신 가설에 박차를 가하는 중이다. 하지만 어쩌면 메인과 텍사스 사이에는 전신으로 소통해야 할 정도로 중요한 일이 없을지도 모른다. 마치 청각 장애가 있는 어느 숙녀를 소개받길 간절히 원하던 한 남자와 같은 곤경에 처한 것이다. 그 남성은 급기야 흠모하던 그 여성을 만나 그녀의 보청기를 손에 쥔 후에야 아무런 할 얘기가 없음을 깨달았다고 한다. 우리는 대서양 아래에 터널을 건설하여 옛날 세상이 새로운 세상에 몇 주 더 가까워지기를 열망한다. 그러나 넓게 펄럭이는 미국인

의 귀에 들어오는 첫 번째 뉴스는 애들레이드 공주가
백일해를 앓고 있다는 소식일 것이다."

— 헨리 데이비드 소로, 『월든』, 1854

* 랜선 친구: SNS나 온라인 게임, 커뮤니티와 같은 가상공간에서 발생한 관계
  를 규정할 때 '랜선'이라는 수식어를 붙인다.
** ㄱㅊ: '괜찮아'의 초성 줄임말.

아보카도 다람쥐

약속 장소에 예상보다 일찍 도착했다. 이놈의 동네는 죄다 언덕이야. 아스팔트 언덕길을 오르는 내내 한낮의 태양 빛이 정수리를 따라다닌다. 태양을 피할 지붕과 에어컨 바람이 간절한 나머지 편의점을 찾는다. 익숙한 종소리 "딸랑딸랑(손님 왔어요)." 꾀죄죄한 편의점 조끼를 걸친 아르바이트 점원은 눈길 한번 주지 않는다.

냉장고를 빽빽하게 채운 상품 중에서 가장 럭셔리한 스윗 아메리카노 캔 커피를 골라 계산하고(할인 카드는 없어요) 테이블에 앉았다. 플라스틱 의자는 차갑고 딱딱해서 편하다. 실내를 냉동실로 만들 기세인 초강력 공업용 에어컨 바람에 닭강정 입자가 뒤섞여 날아와 코점막에 스민다. 찬란한 긍정을 노래하는 최신 가요가 싸구려 스피

커를 타고 귀에 꽂힌다. 아메리카노에는 단맛이 가득하다. 편의점, 가요, 달콤한 음료. 거부감 없이 적절한 조합이다. 하지만 커피를 마신다는 느낌은 없다. 쓰디쓴 치열함이 없어서야 어찌 커피라 할 수 있으랴. 커피는 모름지기 사람을 두들겨 팰 정도는 돼야지.

못되게 배운 탓에 이런 삐뚤어진 편견에 빠졌다. 커피 따위야 좋을 대로 마시면 그만이지, 복잡하게 배우고 가르칠 일이 뭐 있나. 고급 카페에서 마누카허니비엔나를 마시든, 자판기에서 탈지분유 밀크커피를 마시든, 어느 쪽이 더 낫다 평가할 바 아니다. 커피 맛에 민감한 이들은 설탕 덩어리 스타벅스를 경멸하고, 제대로 된 인간이라면 모름지기 파스쿠찌 정도는 마셔줘야 한다고 말한다. 커피의 풍미에 둔감한 혓바닥을 장착한 나로서는 애호가들의 단호한 평가를 머릿속에 쏙쏙 넣었다가 잘난 척하고 싶을 때 암기하듯 써먹는 수밖에 없다. 하지만 여기서 내가 커피를 '배움'의 영역에서 말하는 배경은 고작 맛을 비평한다든지, 고급문화를 향유하는 교양을 갖춘다는 차원과는 완전히 다른 사항이다.

나는 애주가인 아버지에게서 술을 배웠다. 최근 건강관리를 위해 술을 끊으셨지만 한때 아버지는 저녁마다 진로 소주 한 병을 뚝딱 하실 만큼 술을 즐겼다. 그래도 홀로 마시는 술맛은 허전했나 보다. 아버지는 자식들이 술을 즐길 나이에 도달하길 기다리고 또 기다렸다. "너희도 조금만 더 크면 아버지랑 한잔하자."라는 말을 입버릇처럼 말씀하셨다. 그리고 더는 참기 어려웠던 80년대 말 어느 여름 저녁, 어머니의 '미쳤냐'는 소리를 귓등으로 들으며 중1 딸과 초4 아들에게 각각 차가운 맥주잔을 건넸다.

"술은 어른에게 배워야지."

두 명의 초심자는 단박에 맥주잔을 비우고 칭찬받았다. 어머니는 어찌할 바를 모르고 '미쳤어'를 연발하셨다.

술을 배운다는 건 이런 느낌이 아닐까. 즐거운 분위기에서 환대받는다. 온전히 집중해서 낯선 감각을 탐색한다. 여기에는 어떤 어설픈 평가나 지적 우월의식, 쓰잘머리 없는 절차가 없다. 아버지가 건넨 맥주는 새로운 세계로의 초대장인 셈이다. 그걸로 충분하다. 이제 술을 마시는 사람이라고, 그 세계에 들어와도 좋다고 인정받았다. 선후배 사이에서 이뤄지는 이런 개인적이고 사소한 절차야말로 한 사람이 어떤 문화를 접하는 가장 훌륭한 '배움'의 시작이 아닐까 싶다. 물론 아버지가 초대장을 지나치게 일찍 발송한 점은 유감이지만.

커피는 서른 무렵에 처음 마셨다. 어린 시절부터 입에

대지 않던 버릇이 20대까지 이어졌으니, 굳이 끌리지 않는 것을 내 돈 들여가며 마실 필요는 없다는 심산이었다. 그때는 우리나라에 커피음료라든지 테이크아웃 커피 전문점이 막 생겨나던 참이라, 요즘처럼 우르르 모여서 다 같이 마시는 분위기가 없었다. 그렇게 평행선을 그리며 닿지 않을 듯했던 커피와의 인연은 어떤 작은 실패를 겪으며 갑자기 시작됐다.

실패라고 한들 재산을 잃거나, 대단한 노력이 수포가 된 사건은 아니다. 이직을 위해 어느 회사 채용에 지원해서 최종 면접까지 치르고 탈락했다는, 고학력자들이 흔히 겪는 일을 경험했을 뿐이다. 이제 와서야 뭘 그 정도로 상심했을까 싶지만, 당시엔 나름 큰 좌절로 여겨 패배 의식에 사로잡힌 터였다. 촌극이 따로 없다. 자신의 세계에 빠져 오직 나 자신만 바라보고 있으면 눈앞의 모래알이 태산처럼 크게 보이는 법이다.

어쨌든 그 당시 나는 애통함과 비장함을 반반 섞은 구질구질한 감정에 중독되어 하루에도 자신을 걷어차고 위로하기를 여러 차례 반복하는 중이었다. 수염도 깎지 않은 채 대충 아무거나 걸치고 회사에 가서 영혼 없이 자리를 지켰다. 퇴근하고 돌아오면 냉장고에서 딱딱한 피자 조각을 꺼내 입에 쑤셔 넣고 새벽까지 컴퓨터 게임을 하다가 쓰러져 잠들었다. 마치 미래가 없는 사람인 양 패배자 놀이를 하며 자아를 혹사했다. 열흘 정도 그렇게 지낸 것 같다. 하루는 아무 생각 없이 새벽에 잠이 깼는데, 새하얀 상현달이 고운 먼지 같은 빛을 내리고 있었다. 다시 잠들 수 있을 것 같지 않아 텅 빈 뇌를 들고 회사로 향했다.

커다란 사무실 한쪽에는 간식과 음료를 꺼내 먹을 수 있는 주방이 있고 그곳에는 갈아진 원두를 우려서 내릴 수 있는 초대형 커피머신 두 대가 있었다. 단번에 1ℓ를 생산해내는 투박하고 무시무시한 녀석들이었다. 그러니까 그 회사 사람들은 커피를 어지간히 마셔젖혔던 것이다.

아보카도를 처음 본 다람쥐 마냥 커피머신을 더듬더듬 매만진 끝에 간신히 여과지를 제자리에 넣고 전원을 켜는 데 성공했다. 찬장에서 작은 쌀자루만 한 봉투에 담긴 커피를 꺼냈다. 패키지에는 알록달록 색깔과 동글동글 글자꼴이 인쇄돼있었다. 그 모습을 보고 반사적으로 여느 캔 커피처럼 달달하리라 예상했다.

커피 맛은 지옥의 용암처럼 썼다. 심지어 냄새도 썼다. 나중에 알게 된 사실인데, 그때 내가 들이부은 커피가루는 정량의 세 배 분량이었다. 경험이 없어서 양 조절을 못 했던 것이다. 이른 새벽인 탓에 아보카도 다람쥐의 폭주를 제지하고 가르쳐줄 사람이 없었다. 커피 맛을 전혀 몰랐던 나는 '역시 듣던 대로 쓴맛이군'이라며 쿨하게 인정하고, 매일 새벽 그 새카맣고 뜨거운 셀프 메이드 커피 진액(?)을 홀짝홀짝 잘도 들이켰다.

그 시절 내가 마신 것이 정말 커피였나 싶다. 각성 효과가 있다고 들었지만, 그렇게 심장과 뇌를 정통으로 가격하는 줄은 몰랐다. 혀, 목구멍, 위장에서 차례로 느끼는 그 따끔따끔한 액체의 질감은 나의 몸과 마음을 할퀴어 깊이 잠들었던 냉정함을 깨웠다. 그리고 바라본 나는 참으로 너저분하고 우둔했다. 한동안 숙명처럼 몸에 걸치고 다니던 패배자 코스프레는 우스꽝스럽다 못해 누가 볼까 창피했다. 그렇게 매일 아침 검고 쓴 물을 들이켜 그 독한 기운에 끈적한 자기 연민을 녹여 내보냈다.

나를 지배했던 한심한 기운은 맑고 투명한 소변이 되어 태평양 어딘가로 가버렸다. 증발해서 구름이 됐을지도 모른다. 하지만 커피는 처음 만난 그대로 내 곁에 남았다. 요즘도 커피라면 금단의 독약인 양 흡입한다. 사교의 매개체로, 여유의 상징으로, 불면의 기능으로 작용하는 긍정의 커피가 낯설다. 외롭고 못되게 배운 탓이다.

교수님의 주둥아리는 도무지 쉴 줄을 모른다

애니메이션 〈2020년 우주의 원더키디〉의 주인공 아이캔은 우주에서 실종된 아버지를 구하기 위해 모험을 떠났고, 2020년 대학의 원더중년 교수인 나는 사이버 강의(앞으로 '싸강'으로 줄여 말하겠다. 타이핑하기 귀찮아서)를 하기 위해 사이버 방음 부스에 들어가 유튜브를 켠다.

취미로 개인 방송을 해온 덕택에 웹캠에 대고 말하기가 낯설지 않다. 매체에 익숙하다고 해서 강의 내용까지 좋아질 리는 없지만, 새로운 환경에 적응하느라 컨디션이 망가지지 않는 점은 다행이다.

싸강 시간이 다가오면 흡사 멀리 날아간 야구공을 주우러 가는 어린아이의 발걸음으로 방음 부스에 입장한다. 원더키디처럼 우주선에 탑승하지는 않지만, 그래도 나름 부스 안에서는 우주선을 발사하는 일에 비견할 만한 복잡한 조작이 벌어진다. 유튜브 대시보드를 켜고, 채팅 화면 설정하고, 마이크 웹캠 지정하고, 조명 밝기 조정하고, 화면 구성하고, 해상도 확인하고 등등…. 단지 기술적인 사항을 점검했을 뿐인데 20분이 휙 지나간다. 수업 시간 정각이 되면 심호흡을 스무 번 정도 하면서 '방송 시작' 버튼을 누를까 말까 고민한다. 이 순간이 가장 힘들다. 어차피 좋으나 싫으나 클릭하게 될 버튼인데, 그 손가락질 한번을 망설이고 또 망설이는 심리는 뭘까.

마치 프로 방송인인 양 요란스레 인사하고, 수업 아니랄까 봐 출석 체크도 하고, 과제를 점검하고, 질문에 대답한다. 수업 내내 교수님의 주둥아리는 도무지 쉴 줄을 모른다. 아니, 쉴 수 없다. 어쩐지 잠시라도 닥치고 있을 여유가 없는 것이다. 계속해서 입을 놀리며 자료도 보여주고, 채팅창도 확인하고, 링크도 열고…. 가만 생각해보면 강의실에서 학생들을 직접 만나서 수업해도 다 하는 일이긴 하다. 그렇지만 방음 부스에서의 수업은, 혹은 생방송이라고 해야 할까, 강의실에서의 그것과 비교해 한껏 쪼들린다. EBS 강사님들 존경합니다.

아침에 눈 뜨자마자 식탁으로 기어가 주먹밥 한 덩이

입에 넣으면 그게 그렇게 뻑뻑해서 삼키기가 도무지 쉽지 않지. 싸강을 진행할 때 드는 느낌이 딱 그렇다. 마른 입 안을 꽉 메운 주먹밥을 온 혀와 입천장으로 비벼 으깨는 그 버거운 감각. 한껏 압축해서 농도가 짙은, 그래서 목 넘김이 힘들고 자칫 체하기 쉬운 그런 것.

사람을 만나 얘기를 나눌 때는 말하는 사이사이 다채로운 숨이 섞여 들어간다. 공기 반 소리 반이라는 말도 있지 않은가. 표정, 몸짓, 옷차림, 냄새, 배경, 주변 소음, 심지어 침묵까지도. 그립다. 온 우주의 기운을 담아내는 침묵. 말과 말 사이 여백은 우리 대화를 얼마나 풍성하게 했던가. 싸강에 그런 호사는 없다.

20년 전에 '사이버 강의'라는 말을 들었다면 영화 〈마이너리티 리포트〉에서 톰 크루즈가 연기하는 것 같은, 홀로그램 같은 게 막 떠다니고, 미래 갑옷처럼 생긴 와이어리스 전자 장비를 착용하고, 손짓과 발짓으로 쿨한 액션을 막 하면서, 특수효과 그래픽 같은 게 팡팡 터지고, 대충 그런 걸 상상했을 것이다.

미래를 향한 상상은 여간해서 기대에 부응하는 법이 없다. 2020년, 전 세계에서 미친 듯이 동시다발적으로 열린 싸강은 아니나 다를까 천태만상이다. 소문 중에 사이버네틱한 미래적 느낌이 나는 에피소드는 거의 없다.

가상현실이라고는 하나, 그 속내는 지극히 비 가상적으로 찌질할 따름이니, 그래서 인간적 향기가 물씬 풍기는 혼란의 용광로다.

강의자가 말 더듬고, 영상의 화질이 엉망이고, 서버가 폭발하고, PPT 파일이 수업이냐, 코딱지 파고, 고양이 지나가고, 동생이 방문 벌컥 열고 "고구마 먹으래.", 난처할 땐 접속 불량 모드, 게임 소리 다 들리고, 교수님 거울 모드인데요, 거기 과자 먹는 학생 마이크 꺼주세요.

미래의 싸강은 지금과 다르겠지. 하지만 섣부른 기대는 금물이다. 왜냐면 뭐가 됐든 지금 우리 상상처럼 되지는 않을 운명이니까. 20년 전에 그랬고, 20년 후에도 그럴 것이다. 아니, 어쩌면 내가 톰 크루즈만큼 화면발이 좋지 않은 것이 문제일까? 톰 크루즈와 닮았다면, 그랬다면 지금보다 더 멋들어지게, 사이버네틱하게, 마이너리티 리포트스럽게 강의했을 텐데.

어두운 연막

감사 인사에 뭐라고 답하십니까

영어는 "유어 웰컴.", 중국어는 "부 커치.", 일본어는 "도 이타시마시테.", 스페인어는 "데 나다.", 그렇다면 한국어는? "감사합니다."에 뭐라고 답할까? 딱 부러지게 대답 못 하겠다. 이것도 모르고 지난 40여 년을 어찌 살았는지. "고맙다.", "감사하다."는 몇십 년 동안 숱하게 들었을 터인데, 그때마다 나는 어떤 대답을 내놓았나.

기억나지 않는다. 기억나지 않지만, 아마 이랬던 것 같다. "아니에요."라며 부정했든지, "아, 네."라며 부끄러워했든지, 아니면 할 말을 잃고 억지 미소를 걸치며 으흐흐 소리 내지 않았나? 역시 기억나지 않는다. 게임기에 연결된 usb 케이블은 잘도 정리하면서 가장 기초적인 말살이를 도무지 정리하지 못한다.

내 사정은 아랑곳없이 오늘도 감사의 말이 소나기처럼 빗발친다. 미국 연방준비은행이 달러를 마구 찍어내듯, 사람들은 회의실에서, 메일에서, 문자메시지에서 수많은 감사 인사를 발행한다. 인플레이션이 발생하지 않는 점은 다행이지만, 문제는 수시로 날아드는 총알을 어떻게 받아내는가이다.

어제도, 오늘도 준비 태세를 갖추지 못한 나는 감사 저격을 맞고 그제야 허겁지겁 총알을 찾는다. 하지만 늦었다. 거친 말끝과, 불안한 눈빛과, 멋쩍은 2초가 지났고, 말한 사람도 늘은 나도 어색해졌다. 자괴감이 밀려온다.

요즈음 감사 인사 유통이 폭증함에 따라 난처한 상황도 잦아졌다. 과거 90년대만 해도 공기 중에 떠도는 배려의 표현이 드물었다. 그때는 다들 그런 표현이 겸연쩍었다. 심지어 서양 사람들은 고맙다, 미안하다 같은 친절한 말을 입에 달고 사는데, 우리는 왜 이리 퉁명스럽냐고 자책하는 의견이 신문, 방송에 왕왕 오르내릴 정도였으니.

그놈의 서양 사람(원체 다양한 민족을 싸잡아 지칭하는 말이라

구체적으로 누굴 뜻하는지 모르지만, 일일이 생각하기 귀찮으니까 여기서는 대충 영국, 프랑스, 독일, 미국이라고 해두자) 얘기가 나와서 말인데, 한국인인 나의 기준으로 볼 때 미국 사람은 "땡큐."를 과하다 싶을 정도로 자주 입에 담는다. 이에 대한 부작용인지 몰라도 그 나라에서는 'thank'라는 단어의 진정성이 다소 무딘 편이다. 그래서 그들은 같은 말이라도 수식을 붙여 정도의 차이를 발생시킨다. 미국에서 살았던 경험에 비추어 해석하자면 아래와 같은 느낌이지 않나 싶다.

Thanks. : 고맙.

Thank you. : 고마워.

(활짝 웃으며) Thank you. : 너 좀 괜찮은 놈이구나.

Thank you so much. / Thanks a lot. : 정말 고마워.

Thank you. I appreciate it. : 진심으로 감사합니다.

근거도 출처도 없는 지극히 주관적인 해석입니다. 너무 믿지 마세요.

흥미롭게도 미국인들은 일상생활에서 "You're welcome."을 잘 쓰지 않는다. 자꾸 미국 영어만 언급해서 미안한데, 양해해주길 바란다. 익숙한 외국어가 영어밖에 없어서 이런다. 미국인에게 "Thank you."라고 말하면 흔히 이런 답이 오곤 한다.

Sure.

You got it.

No problem.

Don't mention it.

심지어 마지막 말은 "천만에요."와 뜻이 비슷하다. 이렇게 보면 고마워하는 사람에게 '대단한 건 아니야. 굳이 고마워할 필요 없어.'라며 쿨하게 넘어가려는 태도는 꽤 글로벌하지 않나 싶다.

예전에 미국 회사에서 일하던 시절 배운 표현인데, 내 직장 상사는 "Thank you."라는 말에 으레 "Thank YOU." 라고 답하곤 했었다. YOU를 강하게 발음함으로써 감사를 반사하는, 영어에서만 가능한 표현이다. 별것 아닌데도 그 말을 들으면 왠지 내가 하는 일이 존중받는 듯한 느낌이 들었다. 가끔 그때 좋았던 기분을 떠올리며 내 수업을 듣는 학생들에게 "내가 더 고맙지."라고 말하기도 한다. 하지만 이 표현은 이미 다져진 관계에서만 구사할 수 있다는 점에서 제한적이다.

자주 쓰는 말에 안장을 얹어놓자

우리말에는 "천만에요."라는 표현이 있다. 그런데 이 단어가 말살이에서 나오는 경우는 드물다. 어쩐 일인지 글말에 어울리는 표현으로 굳어졌다. 입말로는 보통 "아니에요."라고 하는데, 아니나 다를까, 사전을 찾아보니 이 두 말은 뜻이 비슷하다.

천만-에(千萬에) 「감탄사」
전혀 그렇지 아니하다, 절대 그럴 수 없다는 뜻으로, 상대편의 말을 부정하거나 남이 한 말에 대하여 겸양의 뜻을 나타낼 때 하는 말.

출처: 국립국어원 표준국어대사전

그래서 [고마워―아니야]였구나. 그렇지만 고마움을 표하는 상대에게 쌩한 부정어로 튕겨내는 건 좀 이상하지 않나? 관용어이니 아무렴 어떠냐고 생각할 수도 있지만, 마치 [Thank you―Never]라고 하는 것 같아서 입에 붙지 않는다. "천만에.", "아니야."는 그 의미를 되새길 때 오히려 "미안해."에 대한 답으로 적절하지 않을까 싶다.

친구 C로부터 꽤 괜찮은 표현을 들은 적이 있다. 혼자서 옮기기 힘든 무거운 짐을 앞에 두고 있었는데, 마침 지나가던 그 친구가 애써서 도와줬다. 고맙다고 하자 그 친구가 호쾌하게 답했다.

"고마울 것 저-언혀 없다."

도움이 절실했던 상황과 평소 대범했던 C의 인상, 그리고 낮은 햇빛이 쏟아지던 초가을 풍경이 절묘하게 맞아떨어지면서 그 말이 가슴을 생생히 울렸다. 그래서 나도 언젠가 똑같이 흉내 내어 말해봤는데 웬일인지 느낌이 영 밋밋해서 멋쩍었다. 평소 내 언행이 그 사람처럼 호방하지 못해서였을까. 뭔지 몰라도, 저 말은 특수한 상황에서만 작동하는 효과가 있는 듯하다. 단지 좋았던 기억으로 넣어두자.

고맙다는 말에 무심히 자동 반사처럼 대응할 무난한 표현이 있을까? 말하는 나도, 듣는 상대도 부담 없이 유쾌하게 지나칠 수 있는 그런 경쾌한, 하지만 적절히 예의를 갖출 수 있는, 그런 품위 있는 말을 하나쯤 장착한다면 급격히 흘러가는 삶이 아주 조금은 편해지지 않을까? 이런 고민 끝에 찾아낸 말 한 조각.

"별말씀을."

꽤 괜찮다. 부담스럽지도 퉁명스럽지도 않다. 상대가

노인이라면 "별말씀을 다 하세요."라며 말을 높이기도 수월하고, 나이 어린 상대에겐 그 자체로 격식 있는 표현이 된다. 직장 상사에게, 친구에게, 안면이 없는 사람에게 범용할 수 있다. 미묘한 말투의 변화로 다양한 뉘앙스를 담을 수 있다. 그리고 무엇보다 간결해서 좋다. 대화가 늘어지지 않고 재빨리 다음 국면으로 전환할 수 있다. 주력 표현으로 추천한다.

아닌 게 아니라, 이 말을 장착한 덕분에 대화의 부담이 줄었다. 이젠 고마움을 발포하는 사람이 두렵지 않다. 탄창은 언제나 장전돼있으니까. 손쉽게 방아쇠를 당기자. 별말씀을.

당신은 오늘 어떤 말을 입고 집을 나섰나요

사람이 다른 사람을 알아보는 단서는 결국 그 사람의 외모와 말, 행동, 냄새 정도인데, 그중에 말은 인격을 내비치는 신호라는 면에서 가장 결정적이지 않을까 싶다. 말 몇 마디에 사랑에 빠지고, 말 몇 마디에 적이 된다. 외모에서 받은 인상은 갈수록 퇴색하지만, 대화로 쌓이는 인상은 시간이 지날수록 강력하다. 매력적인 사람이 되는 가장 확실한 방법은 말을 예쁘게 하는 것이다.

20대 때는 말투에 크게 신경 쓰지 않았다. 하긴 무신경의 한계를 달리던 그 시절에 신경 쓰지 않은 게 어디 말투뿐일까. 어리니까, 모르니까, 멍청한 녀석이니까 그러면서 다들 너그럽게 이해해줬다. 하지만, 이제는 용납되지 않는다. 탈모 증상이 있는 중년 아저씨는 외형으로 남들의 호감을 살 가능성이 없다. 정우성처럼 잘생긴 얼굴도 아니고, 쓸데없이 덩치만 크다. 이런 내가 할 수 있는 노력이란 외출하기 전 향수 뿌리기. 그리고 평소 말을 가꾸는 일이다.

예전에 일하던 직장에서 알고 지내던 Y 박사님이 있었다. 그분 외모로 봐서는 어디 클럽 같은 데서 입구를 지킬 것 같은 인상이었지만, 성품이 온화하고 식견이 깊어서 대화 몇 마디만 나누면 금세 기분이 좋아지는 스타일이었다. 듣기 편한 중저음 톤으로 전하는 말 한마디 한마디가 나이와 학식에 맞게 적당히 고풍스럽고 세련된 멋이 있었다. 역시 박사님은 뭐가 달라도 달라.

그러던 어느 날, 다니던 직장을 그만두고 다른 곳으로 옮길 일이 생겼다. 앞날이 불확실한 이직이었기에 걱정이 컸다. 불안한 마음에 조언도 들을 겸 Y 박사님께 소식을 전했더니 그분은 지체 없이 힘주어 말씀하셨다.

"정말 잘되었습니다."

당시 내 심경이 복잡해서였을까. 그 평범한 말 한마디가 굳건한 버팀목이 되었다. 마음의 짐을 덜어주는 말이라니. 대단하지 않은가.

좋은 일이 있을 때 함께 기뻐하는 말은 굳이 독특한 표현을 고민하지 않아도 좋다. 흔하고 기분 좋은 말 한 꺼풀, 그걸 진심 한 덩어리로 꾹 눌러주면 충분하다. 어렵지 않다. 바비큐 그릴에 기름을 붓고 성냥을 던져 넣는 일과 비슷하다.

"잘됐어."

"축하해."

"대단해."

"멋져."

말살이는 언어를 활용한 창작 활동이라, 평소 훈련과 준비 없이 품위 있는 말을 구사하기란 쉽지 않다. 매력적으로 말하기 위해 생활 속에서 자주 발생하는 상황에 대한 레퍼토리를 구성해놓는 방법은 꽤 유용하다. 하지만 그것만이 전부는 아니다. 우아한 단어와 참신한 표현도 중요하지만, 다가오는 사람들을 향한 나의 진정한 태도가 밑받침되지 않는다면 어떠한 말도 제대로 전달될 수 없다.

예전에 일 관계로 알고 지내던 M은 항상 죽겠음과 못 살겠음을 입에 달고 살았다. 찬찬히 대화해보면 나름 지적이고 유쾌한 면이 돋보이는 사람인데도, 첫인사가 항상 어두침침해서 말 걸기가 꺼려졌다. 의논할 일이 있어서 전화하면 우선 한숨 소리부터 들린다.

"잘 지내세요?"
"요즘 죽겠어요."
"무슨 일 있어요?"
"그냥 다 힘들죠. ㅎ"

안부만 물었을 뿐인데 숨통이 막힌다. 처음 몇 번은 무슨 일이 있나 싶어 유심히 물어봤는데, 그때마다 그는 회사에서 일하면서 사는 게 항상 그렇다는 식으로 얼버무렸다. 습관적인 푸념이었다. 물론 진심이겠지만, 저렇게 말을 방출한다고 자신을 덮친 죽겠음이 나아질 리 없다. 그저 좋지 않은 상황을 풀풀 날려 어두운 연막을 칠 뿐이다. 만약 누군가에게 불평을 늘어놓고 싶다면 그 사람과 함께 문제를 의논하거나, 아니면 제대로 위로를 받을 각오 정도는 해야 한다.

이와 반대로 의례적으로 건네는 뻔한 인사에도 시원한 말을 되돌려주는 사람도 있다.

"잘 지내세요?"
"그럼요. 항상 잘 지내요."
"요즘 많이 바쁘시죠?"
"하나도 안 바쁩니다."

이렇게 답한다고 해서 실제로 그가 하는 모든 일이 순항하는 중일 리도, 마냥 한가하게 놀고 있을 리도 없다. 말하는 사람도 듣는 사람도 그 정도는 안다. 알지만, 그래도 저런 생동감 가득한 말을 맞으면 마법처럼 몸이 가벼워지고, 상황이야 어찌 됐든 일단 화이팅 넘치게 나아갈 용기가 솟아오른다.

말이란 참으로 미묘해서 때론 위안을 주기도 하지만, 자칫 오해를 낳고 상처를 주기도 한다. 그렇다 보니 어렵고 화나는 상황에서의 말은 특히 조심할 필요가 있다. 어두운 감정에 말을 끼워 넣어서 좋았던 적이 없다. 당시에는 옳은 의견을 내야겠다는 마음에 말을 꺼냈지만, 지나치게 치우친 감정을 섞어낸 말의 부작용으로 많은 사람을 힘들게 한 경험이 간혹 있다. 들은 사람도 말한 사람도 상처로 오래 남는다. 갑자기 화가 나면, 혼란스러우면, 일단 입을 닫기로 한다. 안 그래도 말은 총알인데, 그걸 굳이 작렬탄으로 업그레이드해서 쏠 필요 없다.

간혹 SNS에 누가 죽었다는 소식이 올라온다. 그럴 때마다 댓글 창에는 예의 정확히 똑같은 문장이 연이어 달리곤 한다. 심지어 글자꼴도 다 똑같아서 마치 인공지능이 자동 생성하는 글자의 패턴처럼 보인다. 다들 키보드깨나 두드린다는 사람들인데, 한 인생의 끝을 알리는 엄중한 소식에 다 같이 할 말을 잃는다. 댓글 창에 뭐라도 써서 슬픔을 나누고 싶으나 도저히 건넬 말이 떠오르지 않는 것이다. SNS는 침묵을 전달하지 않는다. 그러니 그저 정해진 문구를 작성하는 수밖에. 그 모습을 보며 같은 말 한 줄 보탤까 하다가 그만둔다. 휴전이다. 잠시 조용히 있자.

175

"휴일은 끝이 있기에 지옥이다."

— 요하네스 라슬로 릭코(1860~1946)

12:00

어제 늦게까지 이어진 온라인 게임의 치열했던 승부를 복기하며 모닝커피를 내릴 때만 해도 오늘 하루의 예감이 나쁘지 않았다. 일요일 특유의 하얀 빛 입자가 떠도는 공기에는 경쾌함이 살아있었고, 하루해는 넉넉해 보였다. 모처럼 한가한 아침.

그래서 방심했을까. 컴퓨터를 켜는 실수를 저질러 하

루를 시작하는 두 번째 단추를 잘못 끼웠다. 의지를 벗어난 무의식의 행동 영역이다. 달리 말해, 컴퓨터를 붙잡고 있는 동안 발생한 모든 일은 인과관계에 따른 추측에 불과하다. 노트북 뚜껑을 열고 화면에 얼굴을 쑤셔 박고, 마우스를 움직여 구글 크롬을 클릭하고, 어떤 웹사이트 주소를 입력했을 일련의 사건이 머릿속에서 통째로 사라졌다. 예컨대, 누군가 '당신의 컴퓨터는 스스로 켜지고 알아서 작동했습니다.'라고 우긴다 한들, 그 무엇도 기억하지 못하는 나로서는 뭐라 반박할 근거가 없다.

처음에는 다섯 개의 메일 계정을 확인했을 터다. 그리고 네이버 웹툰—다음 웹툰—다음 뉴스—페이스북을 순서로 훑어 내리며 두서없이 나뒹구는 수만 개의 활자와 jpg 이미지를 뒤적였을 것이다. 지겹도록 뻔한 패턴이다. 살면서 수천 번 반복한 행동이 아니던가. 이 정도만으로 얼음처럼 차갑던 오전 시간이 녹아서 증발했다.

향긋한 커피를 담은 머그잔을 쥐고 아름다운 자태로 창밖을 바라보나 싶었는데, 돌연 게걸스러운 낯짝을 하고 페이스북 게시물을 탐색하고 있다. 그곳에서 본 온갖 문장과 사진 중에 온전히 떠오르는 내용이 없다. 어느 부분에서 고개를 끄덕이며 공감했는데… 애써 더듬어보지만 '융복합', '트렌드', '통찰'과 같은 몇몇 뭉툭한 개념이 어렴풋이 떠오를 뿐이다.

온갖 통속적 교훈 쪼가리들이 오뚜기 양송이수프처럼 걸쭉하게 뒤섞인 나머지, 인제 와서는 뭐가 유용한 정보였는지 분간할 수 없게 되었다. 문득 노트북 화면 밖으로 눈을 돌렸다. 어느 수학 학원 광고 문구가 새겨진 싸구려 머그잔이 눈에 들어온다. 커피는 차갑게 식었다. 버리기 아까우니 원샷. 향기는 사라졌어도 카페인은 남았겠지.

13:00

정신 차리라고 자신을 독려했던 듯하다. 여전히 휴일은 반나절 넘게 남았어. 그러니 이제부터라도 뭔가 즐겁고 생산적인 행동으로 시간을 활용하자고 결심했던 것 같다. 물론 뭐가 생산적인지는 알 수 없다.

내가 하는 일이 원체 '생산적'인 성격과 거리가 멀다. 만약 비누를 만드는 일이 직업이라면 내가 하는 일이 생산적이라고 자부할 수 있을 것 같다. 누가 뭐래도 '비누'라는 구체적인 실체를 '생산'하니까. 하지만 직업으로써 디자인은 모든 게 '이랬으면 좋겠다.', '저런 식으로 해볼까.' 하는 궁리투성이라서, 도무지 뭔가 만들어낸다는 충실함을 느낄 수 없다. 내가 관여한 디자인은 그 끝에 어떤 실물이 탄생하지만, 그 실물을 제작하는 사람들은 따로 있다. 나는 기껏해야 계획을 의논하고, 계획이 잘 실행되도록 관리할 뿐이다. 비물질적인 체계를 관리, 감독한다는 면에서 디자이너가 하는 일은 세무사의 그것과 비슷하다.

14:00

이따위 쓰잘머리 없는 생각에 짓눌리는 동안 정작 생산적인 일 따위는 안드로메다 저편으로 자취를 감췄다. 오후 한 시에서 두 시 사이 어딘가 도달했을 무렵, 문득 허기를 느껴 라면 같은 것을 사다가 끓여 먹었다. 굳이 '라면 같은 것'이라고 표현한 이유는, 그것이 '안성탕면'이나 '신라면' 같은 진짜 라면이 아니었던 탓이다.

라면을 획득하고자 맨발에 운동화를 장착하고 위험한 바깥 세계에 진출했다. 자다 일어난 헤어스타일, 입고 있던 트레이닝복 차림 그대로다. 고작 편의점 가자고 샤워할 수는 없거든! 어머, 이게 뭐람. 와사비와 마요네즈를 접목한 신박한 제품이잖아. 이걸 만든 사람은 천재가 아닐까.

그런데 아뿔싸. 맛이 없다. 이전에 경험하지 못한 낯선 방식으로 입맛을 버렸다. 와사비, 마요네즈, 즉석 라면 모두 좋아하는데, 셋을 합쳐 뜨끈한 국물에 불려놓으니 재앙이 따로 없다. 뒤늦게 용기 옆면에 적힌 조리법을 발견했다. 이런, 젠장. 면이 익은 다음에 물을 따라 버려야 했구나. 어쩐지 구정물 냄새가 나더라니. 버릴 수는 없으니 원샷. 배는 채울 수 있겠지.

조리법 인지 착오로 실패한 식사의 잔해를 재활용 통에 내던지며, 아내의 충고대로 제대로 된 식사를 해야겠다는 모범적인 결심의 파도가 밀려왔다. 장한 다짐에 힘입어 모바일 네트워크 테크놀로지를 활용해 식생활을 중심으로 한 성인병 정보를 검색했다.

인터넷 카페와 블로그 여기저기에 올라온 건강 기사를 탐독한 끝에 깨달은 점은, 내가 향후 수년 내에 성인병으로 사망하리라는 사실이다. 도무지 먹고 숨 쉬는 모든 것이 다 글러먹었다. 곧 죽지 않으려면 24시간 방독면을 착용하고, 삼시 세끼 새싹 보리, 크릴 오일, 마그네슘 같은 것들만 들이켜야 할 판이다. 내 몸 어딘가에 암

세포가 발생하는 건 시간문제고, 피는 엿기름처럼 끈적해서 언제 혈관이 폭발해도 이상하지 않다. MRI 촬영 같은 걸 해봐야 할까.

이런 걱정과 함께 정보 검색의 양상은 최대 관심사인 탈모의 원인과 해결책 영역으로 넘어갔다. 여러 가지 솔깃한 치료법과 성공 사례를 읽으며 머리숱을 향한 희망 비슷한 감정에 빠져들었다. 그러다가 갑자기 우리 매형이 떠올랐다. 매형은 베를린에서 의대 교수로 재직 중인 인체의 권위자임에도, 급격히 진행 중인 자신의 탈모에 관해서 그 어떤 자구책도 마련하지 못했다. 생명과학 분야에서 태양계 대표 선수 중 한 명인 누나는 나의 탈모 진행에 관한 자신의 과학적 견해를 두 단어로 압축해서 표현했다. "나쁜 유전자."

15:00

모바일 네트워크 검색에 몰입한 동안 어느새 식곤증 호르몬이 뇌를 적신다. 졸려. 식곤증에는 예외가 없다고 하지만, 나의 그것은 특히 심각하다. 배가 부르면 정신을 잃는 수준으로 잠에 빠져든다. 멜라토닌이 분출되는 수도꼭지가 위장 근육에 맞닿아있음이 분명하다. 아내에게 "30분만 잘게."라는 단말마의 외침을 전하고 쓰러진다. 그녀는 알고 있다. 30분 만에 깨어날 생각이 없는 나의 속내를.

17:00

식은땀을 흘리며 어둑한 방에서 홀로 깨어났다. 두개골 안쪽에 들어찬 뇌수가 수은처럼 묵직하다. 이렇게 쓰레기처럼 누워있지 말자는 비장한 각오로 몸을 일으킨다. 몰아치는 심장 고동이 불쾌하다. 현기증과 뻐근함이 중추신경을 옥죈다. 불쾌한 갈증에 급히 물을 찾는다. 물에서 떫은 밀가루 맛이 난다.

얕은 잠 언저리에서 수마에 시달린 것 같다. 반쯤 깨어있던 의식은 끊임없이 자신의 게으름을 힐난했다. 뇌가 편히 쉬었을 리 없다. 시커멓게 엉킨 감정의 뭉치에 근거 없는 자괴감과 과거의 회한이 눌어붙어 앞으로 잘될 일은 하나도 없을 거라고 속삭인다.

얼굴에 물을 끼얹고 거울을 바라본다. 형편없는 얼굴을 하고 있다. 거친 수염과, 불안한 피부와, 그새 또 숱이 줄어든 머리카락. 다용도실 창문으로 흐린 하늘을 바라보니 언젠가 치과에서 맛본 의료용 솜뭉치 냄새가 스멀스멀 올라온다.

틀렸다. 아무것도 할 수 없다. 거실 바닥에 피폐한 몸과 마음을 뉜다. 잠시만 이러고 있자. 바닥에 널브러진 나의 영혼에 온갖 지저분한 상념이 날파리처럼 달라붙는다. 내가 얼마나 한심한 인간인지를 입증하는 에피소드가 꼬리에 꼬리를 물고 떠오른다. 타인에게 상처를 준 일, 자질구레한 실패, 찌질한 언행, 판단 착오, 우유부단, 무안, 창피. 그간 살면서 저지른 수많은 잘못이 패배감으로 둔갑하여 명치를 때린다. 자괴감이 200배로 부풀어 오르는 혼돈의 시간이다.

추워. 바닥이 너무 차갑잖아.

최악이다. 하지만 벗어날 수 있다. 지난 40년간 종종 겪은 상황이 아니던가. 극단적 자괴감은 특정 호르몬이 과다 분비된 탓이다(의학적 근거 없음). 이런 감정 상태를 상쇄할 수 있는 착한 호르몬(이름은 모름. 아드레날린? 뭐, 그런 종류겠지)을 방출할 필요가 있다. 염분과 당분을 섭취해서 착한 호르몬을 유인하자(과학자의 동생이 생각하는 수준). 며칠 전에 아이들 먹으라고 사다 놓은 소금 덩어리 프링글스를 슬쩍 꺼내 먹는다. 설탕 덩어리 양갱도 하나 깐다.

하늘은 밝지도 깜깜하지도 않은 중립적 회색으로 변했다. 거실이 어둑해서 형광등을 켰으나 밝아진 기색이 없다. 일사량과 형광등 조도가 정확히 일치하는 애매한 시간이다. 외출했던 아내와 아이들이 돌아왔다. 그들은 피폐한 나를 목격하고도 동요가 없다. 그래. 그걸로 됐어. 이딴 인간쓰레기에 관심 두지 않는 편이 좋다.

어제 새벽까지 게임을 했다느니, 그래서 낮잠을 너무 길게 잤다느니 하며 필요 없는 설명을 늘어놓는다. 형식적으로는 아내에게 말한 듯해도 사실은 독백이나 마찬가지다. 온종일 무엇을 했냐며 사책하는 나 자신을 향한 궁색한 변명. 아내는 귀찮았는지 한마디 툭 던진다.

"얼굴이 썩었네."

압력 밥솥에서 증기가 새어 나온다. 〈1박 2일〉 진행자들의 행복한 괴성이 저 먼 어딘가에서 쟁쟁거린다. 따뜻한 밥과 시금치를 섭취하니 기분이 한결 나아진다. 호

르몬이 균형을 찾은 덕분이다. 소가 여물을 씹듯이 밥알 하나하나를 이빨로 느끼며, 모처럼 한가했던 일요일 하루를 되새겼다.

종일 있었던 사건을 요약하자면: 온 힘을 다해 컨디션을 무너뜨리고, 진흙탕처럼 미끈미끈한 패배 의식을 스스로 끼얹은 다음, 그 가증스러운 자기 연민을 떨치려고 갖은 고사를 지낸 일이 전부다. 그 뒤에 남은 건 썩은 얼굴과 애수에 젖은 휴일의 땅거미.

'황금 같은 휴일'이라 부르며 산으로 들로 놀러 가는 그런 스페셜한 하루는 아니었다. 평소에 놀아본 사람이 놀 줄 안다고, 이렇게 지리멸렬하게 휴일을 소모한 나 자신이 밉다. 그런데 잠깐만요. 내일이 월요일이라고? 아니, 이런. 내일까지 완성해야 할 회의 자료가 생각났다. 하지만 지금 나의 뇌는 물에 절은 휴지 뭉치 마냥 흐물흐물 구질구질해서 어떤 일도 의욕적으로 시작할 수 없는 상태다. 일단 드러누워서 〈1박 2일〉을 시청하자. 김준호의 얍삽한 연기를 보고 웃으면 기분이 좀 나아질 거야. 그리고 다소 진지한 느낌으로 8시 뉴스도 본다. 그다음은 〈개그콘서트〉…. 아, 몰라. 어떻게든 되겠지.

— 『Around』 매거진, 2018년 4월호에 실림

죄 없는 22층 부녀

엘리베이터 앞에 서있을 때만큼 어정쩡한 시간이 또 있을까. 마냥 기다리기엔 지루하고, 스마트폰을 들여다보기엔 너무 짧고. 이 뜨뜻미지근한 시간을 알차게 보내는 나만의 요령을 소개한다. 타인의 시선이 낯뜨거워 엄두가 나지 않는, 시시하기 짝이 없는 뭔가를 연습해보기.

예를 들어, 허공에 대고 테니스 서브 자세를 연습한다든지, 모기 목소리로 걸 그룹 히트곡을 불러본다든지, 마이클 잭슨의 문워크 스텝을 밟아본다든지…. 그때그때 떠오르는 어떤 동작이나 음성을 대뜸 시험해본다. 근처에 사람이 있으면 곤란하다. 이웃 간 체면을 중시하는 뉴타운 주민에게 선보일 만한 행동은 아니니까.

한번은 엘리베이터를 기다리며 90년대 전설의 발라드곡을 공기 소리로 열창하는데, 몰입이 지나쳤는지 엘리베이터 도착 안내음을 미처 듣지 못했다. 덜커덩 문이 열린 그때, 나는 한창 허리를 뒤로 젖히고 노래의 클라이맥스를 소화하는 중이었다. 열린 문틈으로 22층 주민의 시선이 쏟아졌다. 삼성에 재직하는 아저씨와 까칠한 중학생 따님이다. 아, 그 짧은 순간 나는 신께서 그들로 하여금 경멸의 비웃음을 짓게 하길 간절히 바랐다. 만약 그랬다면 비극은 희극으로 승화했으리라.

하지만 자비는 없었다. 두 사람은 재빨리 시선을 거두고, 황당하고 불쾌하지만, 못 본척해 준다는 결의를 온몸에 휘감은 채 내 앞을 지나쳤다. 비극은 트라우마로 굳었다. 그들이 사라진 후에도 나는 가상의 마이크를 쥔 손가락을 풀지 못하고 한동안 움직일 수 없었다. 아, 제길. 요즘도 가끔 그때 기억이 튀어나와 깜짝깜짝 놀라며 잠에서 깬다. 무거운 극세사 이불에 몸을 묻고 콘크리트 덩어리가 되어 영원히 사라지고 싶다.

비슷한 일화는 또 있다. 지하 주차장에서 마이클 조던의 슈팅 자세를 흉내 내는 모습이 경비 아저씨에게 발각된 적이 있고, 재활용품 수집장 뒤편 골목에서 팝핀 댄스의 웨이브 동작을 연습하는 장면이 통장님께 목격된

적도 있다. 그 외에도 아파트 단지 곳곳에서 나의 은밀한
연습 행위는 심심찮게 노출되곤 했다. 우리 동네 사람들
은 나를 '미쳐 날뛰는 대머리 아저씨' 따위 별명으로 부
르고 있을지도 모른다.

다른 사람 앞에 나서기를 꺼리는 편은 아니다. 오히
려 나 자신은 어느 정도 무대 체질이라고 생각한다. 어
린 시절부터 발표나 공연도 곧잘 했다. 나이가 들어서도
마이크를 들고 말하는 자리에서 일종의 보람이랄까, 만
족이랄까 하는 충실한 느낌을 즐긴다. 상황에 따라 다르
긴 해도, 나는 주로 말과 글, 행동을 통해 대상화되는 일
에 인색함이 없는 편이다.

그렇지만 엘리베이터를 기다리는 막간에 수행하는
연습을 이웃 주민에게 보이고 싶진 않다. 이런 상반된
태도를 취하게 되는 이유는 뭘까? 수백 명 청중 앞에서
강의하는 일은 곧잘 하는 사람이, 동네 후미진 곳에서
소심하게 몸을 흔들어대다가 어린이에게 발각되면 그
게 어쩜 그리 창피한지.

분석해보자면, 나는 혼자만의 행동을 목격당한 상황
자체에는 별다른 부끄러움을 느끼지 않는 듯하다. 이에
관한 근거로 엘리베이터에 혼자 탑승한 경우를 들 수 있
다. 나는 엘리베이터를 기다릴 때와 마찬가지로 엘리베

이터 내부에서도 하고 싶은 행동을 여과 없이 실행에 옮긴다. 그곳은 감시 카메라가 위압적으로 내려다보는 공간이다. 나의 삐그덕대는 춤사위와 과장된 액션이 관리사무소 직원에게 실시간으로 전송되고, 심지어 HD 화질로 녹화된다는 사실을 모를 리 없지 않은가. 하지만 괜찮다. 심지어 누가 지켜봐주길 은근히 기대할 정도다. 어쩌다 춤 동작이 유난히 잘된 날에는 녹화를 극적으로 마무리하고자 감시카메라를 향해 포즈를 취하기도 한다. 이 정도 뻔뻔함이라면 무엇을 하든 눈치 볼 필요가 없을 만도 한데.

주민들 앞에서 느끼는 부끄러움은 어쩌면 목격자에게 끼친 불편함에 대한 죄책감이 아닐까 싶다. 22층에 사는 부녀는 예상치 못한 시간과 장소에서 괴이한 장면을 목격하고 평안을 잃었다. 이 때문에 자신이 거주하는 아파트 단지에 걸어둔 안정감이 얼마간 훼손됐을 수도 있다.

일상의 소소한 연습은 부끄러운 일이 아니다. 범죄가 아니잖아. 그러나 누군가 원치 않게 불쾌한 장면을 대면했고, 그 장면을 연출한 주인공이 나라면 그건 반성해야 마땅하다. 무대 체질이든 연예인병이든, 그게 뭐든 간에 '부끄러움은 그들의 몫'이라는 식으로 무책임하게 굴어서는 곤란하다.

우리는 늘 다양한 종류의 신호를 내보내고 받아들인
다. 그 신호는 많은 경우 말과 글이라는 형식을 띠고, 이
에 따라 표정과 몸짓도 중요한 신호로 작용한다. 헤어스
타일과 옷차림, 소지품과 같이 외모를 이루는 사항도 마
찬가지다. 요즘에는 사진이나 그림으로 신호를 보내는
이들도 늘어났다. 이 중에는 '배고파'라는 말과 같은 단
순 명쾌한 신호에서부터, '하금테 안경을 블랙 컬러 상의
와 매치해서 차분한 이미지를 강조'하는 것과 같은 암시
적인 신호에 이르기까지 다양하다.

말투나 행동은 물론 외양, 스타일 역시 내가 다른 사
람에게 보내는 일상의 신호로 작용함을 알아챈 사람들
은 이를 활용해서 자신을 어떤 사람으로 보이게 할지를
고민한다. 화장법, 머리매무새, 옷과 구두, 액세서리를
선택하는 일은 단순히 남의 호감을 사거나 자신만의 개
성을 과시하는 차원을 넘어, 타인이 자신을 어떤 식으로
인식하게 할지를 계획하고 설계하는 수준 높은 '사회적
신호 디자인'이라 할 수 있다.

몸과 마음을 다해 펼치는 나의 '엘리베이터 앞 퍼포먼
스'는 어떨까. 그럴 의도가 아니었다 하더라도, 아파트
출입구에서 덩치 큰 중년의 아저씨가 과격한 몸짓으로

허공을 향해 뭔가를 치고, 받고, 뛰어오르는 모습은 온건한 동네 주민으로서는 상상할 수도, 이해할 수도 없는 신호, 아니 그 이상의 충격파로 작용하리라.

이곳에서는 서로를 예의 바르게 외면하는 신호가 자연스럽다. 가능한 눈을 마주치지 말고, 몸가짐을 최소화하고, 억지 미소를 띤다. 이 정도 주파수 범위를 넘어선 신호는 당혹과 불쾌를 낳는다. 그러므로 이런 내 멋대로 하는 행동이 누군가에게 신호로 포착당하지 않도록 특히 조심할 일이다.

예전에 어떤 기관에서 직책을 맡게 되어 임명식에 참석할 일이 있었다. 그 기관은 꽤 권위적인 냄새를 풍기는 단체였다. 임명식에 참석하기에 앞서 받은 안내 메일에는 정장을 입고 와달라는 요청이 적혀있었다. 나는 그 요청을 대수롭지 않게 생각하고 평소에 즐겨 입던 무릎이 찢어진 청바지에 밤색 가죽 재킷을 걸치고 식장에 나타났다. 긴 외국 생활을 마치고 갓 귀국한 터라 가진 옷 중에 정장이 없다는 편한 핑계가 있었고, 형식적 절차가 마냥 싫은 사춘기 반항 정신 비슷한 심리가 발동한 탓도 있었다.

임명식을 진행하는 직원들은 히피 같은 내 행색을 보자마자 안면이 초록색으로 변하더니 일제히 허둥대기 시작했다. 어쩐지 대재앙을 일으켰다는 생각에 조금 미안한 마음이 들었다. 직원 한 분이 정장 재킷을 하나 빌려와 나에게 걸쳐줬다. 되도록 눈에 띄지 않게 숨어있으라는 당부도 덧붙였다. 임명장을 수여하는 사람은 그 기관에서 가장 직책이 높은 어르신이었다. 요령껏 숨긴 했으나, 단상에 올라간 순간만큼은 어찌할 도리가 없었다. 급기야 최고 권력자께서는 나의 청바지와 티셔츠를 목격하고 말했다. 아뿔싸, 그것은 곧 기관을 향한 모욕, 권위를 향한 도전의 신호로 작용했다.

나는 한동안 이 '찢어진 청바지' 사건을 꼰대적 권위에 도전한 신입의 통쾌한 에피소드 정도로 회고하곤 했다. 그런데 요즘에는 그 의미를 다르게 보는 중이다. 그 기관과 기관장, 그리고 직원들 성향이 다소 보수적이긴 하나, 그들이 구태의연한 형식이라는 올가미를 씌워 젊고 자유로운 영혼을 억압했다는 선악 구도식 해석은 적절치 않다. 그런 식으로 따진다면 장례식장에서 검은색 옷을 입는다든지, 종교 사원에서는 떠들지 않는다든지 하는 모든 의례적 관습을 무시해도 좋다는 결론에 도달할지도 모른다.

정황은 늘 단순하지 않기 마련이다. 실용적 이유가 결여된 어떤 사회적 관습 중에는 소통의 신호로 작용하는 것들이 꽤 있다. 보수적 기관의 복장규정은 그 기관과 구성원을 향한 존중심을 표현하는 일종의 사회적 신호로 볼 수 있다. 그러한 신호 체계를 숙지하지 못한 나는 의도치 않게 많은 사람을 놀라게 했고, 몇몇 사람을 화나게 했다. 이는 엘리베이터에서 죄 없는 22층 부녀에게 당혹감을 안겨준 일과 묘하게 닮은 구석이 있다.

'언어'라는 단어는 원래 말과 글을 뜻하지만, 요즘에는 사회에서 통용되는 모든 종류의 신호와 상징을 포괄한 의미로 쓰기도 한다. 말과 글은 얼핏 단순명료해서 좋은 것 같지만, 특유의 명확성 탓에 풍성한 뉘앙스를 전달하지 못하는 한계가 있다. 이를 보완하고자 사람들은 표정, 손짓, 그림, 사진, 패션, 사물 등과 같은 이미지 언어를 동원한다.

하지만 투명한 소통은 여전히 까마득하다. 매일같이 SNS에, 블로그에, 카카오톡에 수없이 많은 단어와 짤방*을 올린다 한들, 그걸 읽은 수천 명 중에 내 마음속 풍경을 똑같이 떠올릴 사람은 단 한 명도 없다. 이 불가능에 가까운 일을 아주 조금이라도 성취하길 염원하며 인류는 지금껏 죽을힘을 다해 문학, 예술 작품을 토해내지 않았던가. 결국 인간이란 자기 자신이라는 두텁고 견고한 표피 안쪽에 고립된 채로, 다른 이에게 나의 존재를 알

리기 위해 온갖 잡다한 신호를 던지며 살아가야 하는 운
명인지도 모른다.

—『Around』 매거진, 2018년 2월호에 실림

* 짤방: 인터넷상에서 유행하는 이미지 파일을 일컫는 말. '짤림 방지'의 줄임말
  로 더 줄여서 '짤'이라고도 한다. 특정 인터넷 커뮤니티에서 글을 게시할 때 사
  진을 함께 올리지 않으면 게시글이 삭제되는 경우가 있었는데, 내가 올린 게
  시물이 '잘리지' 않도록 첨부한 이미지를 '잘림 방지용 사진'이라고 부르던 것
  에서 유래한다.

제임스와 브루스

낯섦은 예상치 못한 곳에서 튀어나온다. 지금과 다른 계절이었던 어느 날 "되게 덥네."라는 혼잣말과 함께 '되게'라는 말이 되게 생경했다. 그리고는 지금껏 이 말을 되게 많이 써왔음을 깨달았다. 여기에 인식이 이르자 문득 앞으로 이 말을 입에 담지 않겠노라 결심했다.

왜 그런 괴상한 다짐을 굳혔냐고 묻는다면, 글쎄, 뭐 대단한 이유는 없다. 굳이 설명하자면 '되게'라는 말이 귀에 와 닿는 질감이 마음에 들지 않았다는 정도. 그렇다고 내가 평소 국어 구사에 결벽증이 있는 품위 있는 사람이라든지, 그래서 식상한 수식어는 입에 담지 않겠다는 비장한 각오를 품은 사정도 아니었다. 나는 급박한 순간엔 쌍욕과 비속어를 남발하고, 방심하면 충청도 사투리도 쓰는 허술한 발화자다.

　나의 측두엽에 장착한 보케뷸러리 팔레트에 수록된 단어 중에 천박하기로 말하자면 차마 글로 언급할 수 없는 심한 표현이 꽤 있다. 그에 비하면 '되게'는 표준국어대사전에 명시된 지극히 일반적인 단어다. 그러니까 이 흔한 단어가 맘에 들지 않았을 뿐, 그 이상도 이하도 아니다.

　사람도 이유 없이 불편한 내가 있지 않은가. 니한테 잘못한 일도 없는데 함께 있으면 거북하고, 서로 말이 겹치고 일이 꼬이는 상대. 그런 사람이 있다면, 억지로 잘 지내려고 노력하기보다는 최대한 빨리 거리를 두고 각자의 인생에 끼어들지 않는 편이 낫다. '되게'와 나는 어느 날 그런 불편한 관계가 됐다.

　입대하면 그전까지는 보이지 않던 군인이 눈에 띈다고 했던가. 그날 이후, 불편해진 단어는 타인의 말에서도 귀에 걸리기 시작했다. '되게'와 결별한 이후 내 귀에 들리는 세상은 '되게'로 가득했다. 한국 사람은 '되게'를 되게 많이 쓰더라.

"그 영화 되게 재밌어."
"걔 되게 재수 없지 않냐?"

"그 집 고기 되게 많이 줘."

습관이란 게 무서워서 요즘도 이 단어가 툭 하고 삐져 나온다. 그럴 때면 자신이 내놓은 공기의 울림이 낯설고 창피해서 다시 거둬들이고 싶다. 지금도 이 단어를 타이핑하기가 고역이다. '되게'를 이루는 한글 자소를 보는 순간 특유의 생경한 느낌이 시각과 청각을 동시에 어지럽힌다. 견디기 어렵다. 그래서 이다음 줄부터 '되게'를 '제임스'라고 바꿔 부르기로 한다.

제임스와 결별하자 제임스의 친구인 '굉장히'와도 돌연 서먹해졌다. 이 두 단어가 어떤 관계이기에 원 플러스 원으로 미운털이 박혔을까. 아무튼 '굉장히'란 단어도 굉장히 낯설고 불편하긴 마찬가지니 이후로 '브루스'라는 명칭으로 대체하겠다.

싫다고는 하나, 명확한 잘못이 없는 한 공개적으로 비난할 수 없는 노릇이다. 서로 없는 듯 무시하고 살 수는 없을까. 쉽지 않다. 언어 환경이 공기라면 제임스와 브루스는 미세먼지다. 제임스와 브루스는 이런 나의 과민성 이명 증상은 아랑곳없이 세상을 부지런히 돌아다닌다. 그들은 일상 곳곳에 산재하는 인기 단어다. 간단히 피할 수 있는 상대가 아니다.

피할 수 없다면 대면하자. 어느 고독한 오후, 문득 이 두 단어를 고찰해보기로 한다. 강의실에 아무도 없음을 확인하고, 제임스와 브루스를 크게 소리 내 발음해본다. 낯설긴 하나, 소리의 연속체에서 딱히 흠잡을 만한 인상은 없다.

A4 용지에 네임펜으로 제임스와 브루스를 크게 그려 벽에 붙인다. 2m 떨어져서 팔짱을 끼고 한참을 바라본다. 제임스와 브루스는 의미 있는 난어로 보이다가 어느 순간 뜻을 알 수 없는 고대 상형문자처럼 보이기도 한다. 하지만 이 추상적 형태의 조합에서도 어떤 특이점은 찾을 수 없다. 오히려 그 조형이 지극히 평이해서 하품이 나올 정도다.

한동안 바라보다가 제임스와 브루스의 공통점을 떠올린다. 둘 다 부사어다. 그리고 둘 다 구어체 표현이다. 의미 있는 단서가 연결됐다. 부사어는 글을 쓸 때 경계 대상으로 삼는 품사다. 여기에 생각이 미치니 제임스와 브루스를 미워하게 된 이유를 알 것 같았다.

말과 글은 같을 거라고 생각하기 쉽지만 사실은 그렇지 않다. 손쉬운 예로, 구어체에서는 주어를 종종 생략한다. 대화 현장에서는 문장의 주체가 분명한 경우가 대부분인 탓에 굳이 주어를 언급하지 않아도 뜻이 통하는 덕분이다. 문어체에서는 주술 관계와 시제가 상당히 중요하지만, 구어체에서는 시제 따위 개나 줘버리는 경우가 흔하다. 말과 글은 비슷한 재료를 사용하는 창작 활동임에도 그 결과 탄생하는 창작물은 서로 다르다.

한동안 글쓰기에 재미를 붙이며 말살이보다 글살이에 사고의 비중을 크게 뒀다. 돼먹지 못한 문장력으로 글을 쓰고 고쳐 쓰며 수없이 많은 수식어를 삭제했다. 퇴고하기 전 내 글은 온통 문장에 철갑을 두르는 부사어투성이었다. 너무, 매우, 아주, 과연, 꽤, 온통, 마치, 설마, 사뭇, 제발, 꼭, 상당히… 말에 조바심이 날 때 강렬함을 더하는 부사어는 달콤한 유혹으로 다가온다.

쉬운 길은 함정이라 했던가. 꾸밈말로 상투적 과장을 남발한 글은 애처롭다. 내 글이 그랬다. 설탕 한 숟가락을 부풀려서 얼굴만 한 솜사탕을 만들 듯, 대단치 않은 문장을 부사어로 손쉽게 부풀렸다. 그렇게 하면 글에 담긴 간절함을 독자가 알아줄까 싶었다. 하지만 결과는 정반대. 강렬함을 강요하는 처지는 한심하다. 수식어를 찾아 지우기 시작했다. 글 곳곳에 꽂힌 빈껍데기 같은 단어를 몰아내자 문장은 자신감을 찾았다.

꾸밈에 냉정한 태도는 말살이에 이어졌다. 나는 말살이와 글살이를 완전히 분리하지 못한다. 가벼운 강박이라 할만하다. 생각을 전할라치면 머릿속으로 짧은 글을 쓰고, 그것을 읽듯이 말한다. 그래서 대화 도중 말이 끊기는 경우가 많은데, 이때 나의 뇌는 어떤 추상적 의미를 말로 바꾸기 위해 단어를 선택하고, 이를 문장 구조에 따라 배열하고, 그것을 훑으며 문법을 점검한다. 뇌를 최대한 빨리 가동하여 이 복잡한 과정을 불과 수 초 안에 완료한다. 하지만 대화에서 침묵의 수 초는 영원과도 같은 시간이다. 그리고 그런 식으로 조탁해서 꺼내놓은 말이 자연스러울 리 없다. 나는 문어와 구어의 틈에 끼어 어색하게 말하는 사람이 됐고, 구어의 세계에서 행복했던 제임스와 브루스는 유배지로 쫓겨나는 신세가 됐다.

소셜네트워크 세상도 상황은 다르지 않다. 구어체가 횡행하는 요즘 언어 환경에서 나는 독야청청 고색창연한 문장을 발행한다. 유행에 맞게 단어 몇 개만 던지고 싶은데, 그게 잘 안 된다. 서술어 뒤에 마침표를 찍지 않으면 기분이 꺼림칙하다. 이런 상황이니 재치 있게 넘어가는 대화 흐름에서도 나만 수렁에 빠져 허우적대기 일쑤다. 카카오톡에서 내 메시지는 대부분 '~습니다.(마침표)'로 끝난다. 사람들은 이런 나의 문체를 꽤나 불편해한다.

왜 이딴 일로 고민할까. 수식어고 나발이고 편하게 말

하면 듣기에도 좋잖아. 최근 유튜브에서 1인 방송을 시작하며 내키는 대로 말하기를 연습하는 중이다. 온라인에서 딜레이와 버퍼링은 죄악이다.

"1초 이상 생각하지 말 것.
머릿속으로 문장을 구성하지 말 것.
할 말 없으면 ㅋ을 연타할 것."

쉽지 않다.

제임스와 브루스, 돌아와줘. 내가 굉장히 힘든 거 알지? 되게 보고 싶다.

내던질 테니

"항상 준비해라. 길을 찾았다고 생각하는 순간, 인생은 너를 새로운 길로 내던질 테니.

Be prepared. Just when you think you found your way, life will throw you onto a new path."

— 영화 〈겨울왕국2〉, 매티어스 대사 중에서

2020년. 주민등록증 재질이 폴리카보네이트로 바뀌었다. 뭔진 몰라도 어감이 좋다. 2020년에 어울리는 미래적인 느낌이 든다. 하지만 그뿐이다. '폴리-카르-보-네잇'이란 이국적인 어감을 제외하곤 미래스럽다 할만한 일이 별로 없다.

출퇴근길 지하철 환승역은 미어터진다. 자동차는 여

전히 화석연료를 태운다. 스마트폰은 잘 깨지고 잘 꺼진다. 쓰레기를 내다 버릴 장소를 찾지 못해서 고민이다. 그리고 바이러스가 난리다. 2020년 봄, 전 세계는 코로나19 바이러스 감염 확산으로 애끓는 나날을 보내고 있다.

어릴 적 대전 엑스포에서 신나게 떠들어대던 미래는 '디지털 사이버 4D 자기부상 테크노피아' 같은 낙관적인 인상이었는데, 막상 미래 시대 문턱에 도달한 미래 인류를 맞이한 미래 이슈는 기후변화, 산불, 바이러스 질환과 같은 고전적인 고민거리들이다. 어서 와. 2020년은 처음이지?

우리는 모두 어떤 시대에 내던져신다. 그리고 한 시대에 익숙해질 무렵 예고 없이 또 다른 시대에 내던져진다. 먼 과거에 한 인간은 한 시대를 살고 떠났다. 1900년대에는 한 사람이 두 시대에 걸치는가 싶더니, 요즘엔 태어나서 죽는 그 날까지 세상이 예닐곱 번은 바뀌는 듯하다. 살아있는 내내 격변의 과도기가 이어지는 셈이다.

글쓰기를 잠시 멈추고, 잠시 중년이 된 내 인생의 사회학적 마일스톤을 되돌아보자. 88서울올림픽 광풍, IMF 재난, 아이폰 혁신. 개인의 삶을 근본적으로 바꿀 만한 세상의 변화가 몇 번이나 있었다. 8비트 게임기에 군침을 흘리던 소년이 피시방에서 온라인 게임으로 밤을 새는 청년이 되고, 어느새 유튜브에서 게임 방송을 하고 있다. 대중문화는 더 말할 필요가 있겠는가.

과도기는 딴 세상 얘기가 아니다. 시대의 질풍노도는 바로 지금, 내가 속한 곳에서 현란하게 펼쳐지는 중이다. 전국 대학교 개강일이 2주나 연기된 것으로 모자라, 한 학기 수업을 온라인 비대면으로 진행하는 방침이 결정됐는데,* 더욱 무서운 건 이 모든 결정과 대책이 불과 2주 만에 일사천리로 진행됐다는 점이다. 원체 보수적인 대학 사회에서는 사상 초유의 전개라 할만하다.

온라인 강의가 일반화된 시대라고는 하나, 유튜브, 페이스북이 낯선 5, 60대 교수가 많은 대학이, 수천 명이 강당에 모여서 입학식을 하는 대학이, 대자보를 붙이고 운동장에서 체육대회를 하는 대학이, 건물 1층에 스타벅스 같은 프랜차이즈 매장이 들어찬 대학이, 재단 이사장이 새카만 고급 세단을 타고 교문을 통과하시는 그 대학이, 불과 몇 주 동안 부랴부랴 준비해서 온라인 강의로 전환한다는 계획은 다른 때라면 불가능하다고 코웃음을 쳤을 일이다.

하지만 지금은 가능 여부를 따질 여유가 없다. 바이러스가 대학교 사정을 봐줘가면서 증식하는 것도 아니고. 대한민국 모든 기관, 단체가 '바이러스 집단 확산의 온상'이라는 불온한 타이틀을 회피하기 위해 한껏 몸을 움츠리는 판에 대학이라고 별수 있겠는가.

대학교는 활기찬 20대 학생이 터져나가게 모이고, 그 좁은 강의실과 복도에서 다닥다닥 붙어있기로는 둘째가라면 서러운 곳이다. 더구나 그들이 하는 일이 대부분 말로 이뤄지니, 강의한다고, 발표한다고, 토론한다고 상대방 얼굴에 침을 어지간히 튀기기도 한다.

어떤 대학이든 모든 구성원을 코로나19 바이러스로부터 완벽히 보호할 수는 없다. 하지만 대학의 집단 발병 사례로 뉴스데스크에 소개되는 일만큼은 피하고 싶은 것이 대학을 운영하는 사람들의 마음일 것이다.

"××대학교 무리한 대면 수업 강행으로 집단 발병"

이런 기사가 나가기라도 하는 날엔 그 대학교 구성원 모두가 초대형 후유증을 감당해야 한다. 심할 경우 학교 전체가 한 학기 동안 폐쇄될지도 모른다.

그래서 직원들과 교수, 학생 일동은 지독한 자명종 소리에 질질 끌려 나오듯 새로운 국면으로 내동댕이쳐졌다. 갑작스럽고, 준비되지 않았다. 자연의 힘이 시키는 일이라서 항의할 데도 마땅치 않고, 더 심각한 위기에 놓인 사람들이 많아서 불평할 입장도 못 된다.

거대한 시대의 변화란 본디 이런 것이 아닐까 싶다. 충분히 준비된 채로 따뜻하게 변화를 맞이하는 사람은 없다. 냉정히 생각하면 잘됐다 싶기도 하다. 이런 거부할 수 없는 힘이 작용하지 않았다면 대학교수 대부분이 온라인 강의를 활용하는 상황은 10년, 20년 뒤로 미뤄졌을 것이다. 지금껏 어지간한 변화엔 눈 하나 깜짝 안 하던 복지부동 꼰대 교수도 꾸역꾸역 카메라와 마이크를 연결해서(혹은 조교가 연결해줘서) 인터넷을 향해 외치는 능력을 길러야 한다. 자연의 힘은 실로 위대하다.

"모든 인간은 자신이 속한 시대의 어린아이입니다. 누구도 예외일 수 없어요.

You're always a child of your time, and you cannot step out of that."

— 영화 〈헬베티카〉, 빔 크라우벨 인터뷰 중에서

---

* 교육부는 2020학년도 1학기 대학 개강을 1-2주 연기하도록 권고했고, 이후 코로나19 상황이 안정될 때까지 등교수업, 집합 수업을 하지 않고 원격 수업, 과제물 활용 수업 등 재택 수업을 원칙으로 하라고 권고했다.

교수님의 주둥아리는 도무지 쉴 줄을 모른다

장래희망이 인기 유튜버인 중년 디자이너의 일상 탐구기

초판 1쇄 인쇄 2020년 9월 17일
초판 1쇄 발행 2020년 9월 25일

지은이	이지원	출판 등록	2011년 1월 6일 제406-2011-000003호
펴낸이	이준경	주소	경기도 파주시 분발로 242 3층
편집장	이찬희	전화	031-955-4955
총괄부장	강혜정	팩스	031-955-4959
편집	이가람, 김아영	홈페이지	www.gcolon.co.kr
디자인팀장	정미정	트위터	@g_colon
디자인	정명희	페이스북	/gcolonbook
마케팅	정재은	인스타그램	@g_colonbook
펴낸곳	지콜론북		

ISBN 979-11-91059-01-4 03810
값 13,500원

이 도서의 국립중앙도서관 출판예정도서목록(CIP)은 서지정보유통지원시스템 홈페이지(seoji.nl.go.kr)와
국가자료종합목록 구축시스템(kolis-net.nl.go.kr)에서 이용하실 수 있습니다.
(CIP제어번호 : CIP2020039495)

잘못된 책은 구입한 곳에서 교환해드립니다.
지콜론북은 예술과 문화, 일상의 소통을 꿈꾸는 ㈜영진미디어의 출판 브랜드입니다.